凉宫春日的剧场

[日]谷川流 著
[日]伊东杂音 绘
藏喜 译

百花洲文艺出版社

目 录
CONTENTS

act.1 奇幻篇 … ❶

act.2 银河篇 … ❸❺

act.3 环球旅行篇 … ❻❾

final act. 逃脱篇 … ❶❹❺

参考文献 … ㉒㉑

后记 … ㉒㉓

初次出处 … ㉒㉕

封面、内文插画／伊东杂音

SOS act.1 奇幻篇

我简直傻眼了，完全搞不懂现在到底是怎么一回事。任何一个有着正常人类情感的人都会对我此刻的离奇处境和无力感报以同情，然后和我一起发出感叹——

"这什么情况？"

"你说什么了？"

春日就在我旁边，她脸上的笑容在此时此刻是那么突兀——带着一丝邪恶，完全无视常理，仿佛随时都要准备横冲直撞。但凡她露出这样的笑容，那就意味着我们又要陪着这个没谱的女人上天入地了。我只能祈祷我们不会被这趟电车送到教导处或者复读班去。

不过，现在好像也不是祈祷的时候。

"没有，而且我暂时不想说话。"

我只能这样回应。

"哦，那你就保持沉默吧。这里就交给我，你不适合这种谈判，就乖乖当个配角吧。"

虽然我并不想任由这家伙来界定我的能力和未来，但还是决定暂时闭嘴。确实，我一不知道该对谁说，二不知道该说什么。万一不小心说错话，反而会把事情搞得更糟。可是，换作是别人，突然发现自己站在这种地方，肯定会和我一样一头雾水吧。

没错，想象一下，你突然被召唤到某座城堡的王宫里，眼前有一个体态端正、看似国王模样的大叔正端坐在宝座上。

"勇者春日。"那个仿佛扑克牌里"方块老K"的大叔用浑厚威严的嗓音说道，"为了拯救这个世界，我们需要一位天生的勇者，一位继承了上古时代伟大英雄血统的勇者。你是我们唯一的希望。请听从朕的请求，去打败企图用恐怖和灾难来统治这个美丽世界的邪恶魔王吧。"

"我说，大叔。"春日一脸不在乎。国王的身边站着一个宰相模样的老头，嘴里喊着"陛下"。

这里应该是中世纪的某个君主专制国家吧？难道他们没有大不敬之罪吗？是时候该有卫兵出场把春日丢进监狱了吧？不过，千万得让她单独关一间，我可不想和她一起吃牢饭。

不光是我，长门、朝比奈学姐和古泉肯定也不想进去。但愿不要因为我们几个人站在一起就觉得我们和她是一伙的。

"拯救世界啊，嗯，未尝不可，找上我确实是个不错的选择。这一点我得夸夸你，你算是找对人了。我和我手下的人可是分分钟就能解决任何问题。我们干成过许多大事。"

这简直是弥天大谎，我真想立刻把她的话全部撤回。

春日站在我的左边，她姿态威严，气势逼人，猛地用右手食指指向宝座上的"方块老K"，说道：

"不过呢，付出劳动总得有相应的回报吧。如果帮你打倒了那个什么统治欲发作的魔王，我能得到什么？谁来统治还不都是一样，不过是换了另外一个人收我的税罢了。"

春日的嘴皮子还真是利索。我将目光从她那张神采奕奕的脸上移开，不动声色地打量起她的衣装。

勇者春日——一般来说，如果有人这么称呼她的话，我一定会强忍着内心的同情，要么帮这家伙叫救护车，要么直接躲得远远的。而眼前的情况还真的是个例外——无论你怎么挑刺，春日这身打扮的确很有"勇者"的派头。想象一下以中世纪的西方为背景的幻想RPG（**注：Role-Playing Game，角色扮演游戏**）

吧,春日现在的样子就和那些游戏里的勇者装扮差不多。

"哦,勇者春日啊。"国王似乎并不打算把我们轰出城去,反而还想和春日继续谈谈,"打败邪恶的魔王,为世界带来和平后,你的英雄美名将响彻四海。如此巨大的荣耀还不能让你满足吗?"

"我正要说这个。"春日用手指弹了弹鼻子,"荣誉勋章这东西,既不能煮也不能炒,根本填不饱肚子。顶多把它拿到拍卖会上卖掉。"

"勇者春日啊,那我迎你入宫,把我的公主女儿许配给你。"

"我才不要什么公主。"

"那么,你也可以和王子成婚,共同执政。不过王子和公主都被魔王俘获,关在了魔王城里,等你救出他们之后再说吧。"

"我说了不要!"

春日的声音里已经带着怒气。

"你以为你随便找个莫名其妙的家伙来跟我结婚,我就会高兴吗?我告诉你,你大错特错了!想知道错到什么程度吗?错得就像把答题卡全部涂错了位,就这么交上去了一样!而且还不是模拟考,是正式考试!"

春日咆哮完毕,凑到我耳边小声说道:

"我说阿虚,不如我们趁机搞个叛乱,发动革命吧?我感觉,只要我们拿剑吓唬这个大叔,他肯定会乖乖退位的。要是你想,我还可以让你当国王。"

拜托,这种事你还是自己去做吧。什么叛乱啊革命啊王权啊,我可一点兴趣都没有。我只想在世界的某个角落里安稳地度过余生。我敢肯定,除了春日以外,我们所有人都是这么想的。

于是,我赶紧避开春日的视线,转头看向另一边——映入眼帘的是朝比奈学姐那张水灵灵且伟大的脸。她是如此可爱，带着一丝丝茫然，如果能让她住在我的眼睛里，就算让我忍受一个礼拜的疼痛我也在所不惜。

"啊。"

朝比奈学姐察觉到我的目光，先前困惑的表情瞬间化为温柔的笑容。她有些羞涩地张开双臂，不过这并不是示意我去拥抱她——

"我穿这个好看吗？"

真是个多余的问题。如果有什么衣服朝比奈学姐穿着不好看，那一定是衣服的错而不是人的错。那种衣服最适合直接丢进寒夜的山庄里烧暖炉。

"简直就是一位无懈可击的魔法师，只有这一个答案。"

我最近觉得，赞美之词就应该简洁明了，于是我将所有的赞美之情浓缩成了一句话。朝比奈学姐一定听懂了，她笑得越来越灿烂。

"阿虚，你的装扮也很好看。"

过奖过奖。我一边这么想，一边努力挤出微笑。我到底该不该对这句赞美感到高兴呢？这可真是个不太好说的问题。毕竟，就算把自己不感兴趣的Cosplay（注：Costume Play，角色扮演）服穿在身上也没什么乐趣。

正当我想着该怎么应付眼前的状况时，一直和春日口舌交锋的"方块老K"终于败下阵来。

"战士阿虚。"

现在轮到我了。

"你是否有此意？只要你愿意拯救世界，我答应将公主许配给你，你也将成为下一任国王。"

战士,这似乎就是我的角色了。身披铁甲,腰悬利剑,至少从外形上看,我是个不折不扣的战士。至于剑术方面,我只在初中的体育课上挥过木刀,但这应该不是问题。

"虽然听起来有些自恋,但我的女儿可是个美人。"国王顿时化身为一个女儿奴,"去年她一举拿下了世界百大美少女的第一名。要不是被魔王掳走,今年她应该已经连冠了。"

"是嘛。"我冷淡地回他。

也许这位公主值得一观,但我可以肯定的是,这位素未谋面的公主不可能比朝比奈学姐更可爱,比春日更有行动力,也不会像长门那般全能。我的心是不会这么轻易就动摇的。

再说,如果此时我点头答应,勇者恐怕会抢在魔王之前先制裁我吧。那个画面犹如泡泡一般,在我眼前十厘米的地方轻轻浮现,很快又消逝无踪。

"你这个国王可真够啰唆的。"

春日还在继续抱怨。

"这点旅费根本不够用。既然是事成之后的报酬,你就别那么吝啬了,能给多少就给多少吧。我想想,干脆就给99999金吧。"

如果这里有纸币流通的话还好,若是硬币,那重量简直不可想象。到时候谁来背着宝箱行动呢?但我也只能在心里想想,傻子才会在这时候开口。我看不如把他的王冠要来,再随便找个地方换点钱。

春日继续问着汇率浮动、金本位制等问题,甚至要求配备一万骑兵和五万步兵作为护卫,她那无理的要求弄得陛下和宰相都愁眉苦脸。

趁他们还在讨价还价,我来简单描述一下另外两个人的装束好了。

长门是盗贼，古泉则是抱着竖琴的吟游诗人。没了，找不出其他描述，就是这么一目了然。

长门目不转睛地盯着前方的石墙。古泉一言不发，笑眯眯地听着春日的长篇大论，他的笑容怎么看都很虚伪。还好我不用穿古泉那身衣服，但他穿得那么好看也让我不爽。

队伍里一共有五个人，简单来说就是平时的成员。只不过春日的袖章上写的是"勇者"而不是"团长"。我是陪同她的战士，朝比奈学姐是魔法师，长门是盗贼，古泉则化身为吟游诗人。好糟糕的角色设定，简直像在策划阶段就把角色放错了故事一样。

不过，我们也只能将错就错了。

春日和"方块老K"还在进行着无聊的辩论，这让我逐渐摸清了这个世界的背景。罪魁祸首就是一个不知道从哪儿冒出来的邪恶魔王，他成了这个国家统治阶级的眼中钉，还干下了掳掠之事。现在需要我们去冒个险干掉他。简单来说，这是个RPG，还是那种制作水平很糟糕的RPG。

"好吧。"

我喃喃自语，提起腰间的宝剑。我不知道要和谁战斗，最好根本不要用到它。我们可不擅长那种充满杀戮的严肃剧情。

漫长的谈判终于结束了。不出所料，我和长门、古泉背着满满一大箱子金币，我们这群人看上去不像勇者一行，倒像是一帮作恶多端的强盗。不过这些箱子太重了，我压根儿顾不上多想。我已经习惯了搬东西打杂，但这个装满金币的木箱是我最近搬过的最重的东西。我感觉它比春日还要重。如果金币的重量就能决定价值，那这个宝箱倒是能胜过一切。

"开局还算不错,我们要把这个劲头一直保持到最后。"

春日在前面步履如飞地开路,我们则气喘呼呼地追在她的后面。其实,真正气喘呼呼的人只有我。长门和古泉一脸轻松地背着重物,长门我还能理解,可连古泉都有这么大的力气,我的心里还真有那么点不舒服。这家伙是不是偷偷做了力量训练啊?怎么也不叫我?

当然,朝比奈学姐什么都没有背。她只拿着一根弯曲的古木魔杖,似乎是她的魔法道具。其实,我也不太确定朝比奈学姐会施展哪种魔法。这已经不单单是我的疑问了,而是一个所有人都不知道的谜团。但愿不是一些诸如泡茶技巧之类的豆知识技能……

"首先我们得填饱肚子。大家想吃什么随便点。现在有一大笔军费,不如痛痛快快地提升一下士气!"

春日在一座双层木建筑前停下脚步,建筑上挂着一块木牌,上面写着"某某亭"。门前拴着几匹马,它们一脸疲惫地注视着我们五个人。马善被人骑。看来,舍己为利才是这个世界的生存法则。

"不过,这座城镇到底是什么时代的?"

我环顾四周,身上盔甲锵锵作响。

这座小镇紧挨着城堡,从文明程度来看,有点像百年战争时期的欧洲。当然,我对那个时期的风俗习惯并不了解,所以也没有十足的把握。街上行人的打扮我只在奇幻类RPG中看到过。简单来说,你可以把这里当成一个"剑与魔法"的世界。如果你的脑海中能浮现出这样的画面,那我也能轻松不少,省得再去作很多不必要的说明。

就在我绞尽脑汁描述这里的景象时,春日已经一个箭步冲到了那座酒馆模样的建筑前。她推开门说：

"嗨！"

春日兴奋地大吼一声，引得店里所有人都纷纷侧目。这里的客人看起来可不太体面。一群像是干体力活的大叔浑身散发着粗鲁，他们大白天的就在这里花天酒地，这多少透露出一点这个国家的劳动现状。不仅如此，我背上的宝箱也引来了不少异样的目光，我真的很想躲到长门的背后去。

不过，情况很快发生了变化——

"今天的客人有福了！你们吃喝的费用我全包了！我请客，我请客！不用考虑钱的事，国王会付所有的钱！"

春日乐不可支，炸裂的嗓门快要把整间酒馆的破木墙都震得晃动起来。很快，酒馆进入了宴会模式。

"老板人呢？先把菜单上吃的喝的按顺序上一遍！每个都要五份！"

春日大步流星地走向里面的桌子，对着一个大胡子狂点了一堆东西。

"干吗呢，阿虚！其他人也是！赶紧过来坐下。这是提前庆祝，提前庆祝！"

我不明白她到底在庆祝什么，但我的疑问只能在酒馆的喧嚣中无果而终。

"……"

我站在原地，背着宝箱的盗贼长门默默从我身边走过。

"哇……闻起来好香啊。"

朝比奈学姐用她精致的鼻子嗅了嗅。

"啊呀！"

她被大斗篷绊倒在地。

"凉宫同学真的很大方呢。不过,这钱本就来自国库,能如此回馈于百姓也是一大善事呢。"

古泉把朝比奈学姐扶起来,并对我露出他那标志性的自信笑容。长门的扑克脸和朝比奈学姐的呆萌也和在社团活动室时没什么两样。至于春日,她依旧充满着莫名其妙的精力,而且还越来越旺盛了。大家似乎很自然地接受了现状,只有我一个人对眼前的局面感到无所适从。

"哇,这个好好吃!这是什么肉?猛犸象?以前从来没尝过这种味道。等下告诉我食材和做法吧。"

一道道美味佳肴陆续被端上桌,春日已经大快朵颐。

"你到底哪里像勇者啊?"

我嘟囔着放下宝箱。

刚刚接受了讨伐魔王的任务,离开城堡后的第一件事就是跑到酒馆里乱花军费,而不是去买装备和道具,这算是哪门子的勇者啊?

"阿虚,快过来!这个发泡酒虽然口感有点冲,但味道真的不错!你再不快点过来,我就要全部喝光了!"

春日晃着手里的陶瓷酒杯喊我过去。没办法。这个不成器的勇者毕竟是我们的首领。和没有收到指令就无权发动革命一样,我一介小小的战士不能在这种时候背叛。再说,我一个人也没地方可去。

我慢慢走向勇者一行围坐的桌子。

因为没有钟,我不知道时间过去了多久,但酒馆里的喧闹声依旧不绝于耳。

这发泡酒看起来就像浊酒,春日却喝得十分上头,她越喝

越兴奋,与几个隔壁桌的大叔勾肩搭背,嘴里还唱着奇奇怪怪的歌。

长门坐在一边,她安静地吃着一道道从厨房里端上来的不知名的菜肴。我开始怀疑这家酒馆是不是能无限上菜,但更可疑的是长门那无底洞一般的胃。她吃下去的那些东西究竟去了哪儿?

这时,一阵拨弦声传来。我循声看去,只见古泉将椅子移到墙边,正坐在椅子上弹奏着竖琴,边上围了一群镇上的姑娘。那些姑娘看古泉的眼神就像是纯洁的少女注视着从天界下凡的阿波罗一样,这让我十分不爽。

罢了,反正我还有朝比奈学姐。正当我试图安慰自己时,我发现朝比奈学姐也不见了。她去哪里了?

"抱歉让您久等了。您就点这些是吗?啊,好的。我马上就来。"

不知为何,朝比奈学姐成了酒馆里的女侍者,这会儿正忙碌地奔波于餐桌之间。我猜她一定是受了春日的"威逼",一杯酒下肚后就变成了现在的样子。她的脸上泛着淡淡的红晕,兴高采烈地往返于厨房和餐桌间。

"喂,古泉。"

我受够了一直默默吃东西,而且已经吃得很饱了。一旁的古泉仿佛街头艺人一般弹奏着竖琴,活脱脱一个现学现卖的吟游诗人。

古泉沐浴在姑娘们陶醉的目光中,缓缓走来。

"怎么了,战士阿虚?你对眼前的这一切有什么不满吗?"

那还用说吗?觉得满意才有问题吧。

"也是。我们应该抓紧时间讨伐魔王。不过,就算晚个一两天也还在容许范围内啊。"

才不是呢。在讨伐魔王之前还有别的问题没解决。

"这里到底是哪里?"我问道,"这个像RPG一样的世界是怎么回事?为什么我们会在这里?谁把我们带到这里来的?"

古泉露出他那像被漂白剂漂洗过的大白牙,说道:

"老实说,我也不太清楚。我和你一样,回过神的时候已经置身于王宫中了。之前的记忆很模糊。你还记得什么吗?"

我不记得,所以才感到不安。在发现自己身处王宫之前,我究竟在哪里?做了什么?

"也许这只是我的错觉。"

古泉一只手拿着竖琴,谨慎地说道。

"我依稀记得我们正在某个地方玩游戏。好像是桌上RPG,也好像是电脑网游。"

我皱了皱眉。虽然这话有那么点可信度,但我还是觉得很不真实。我们原本应该在玩游戏,却一下子进入了游戏的世界里吗?我实在不愿意接受这么随意而荒唐的情况。

"朝比奈学姐。"

我叫住了正在辛勤工作的少女侍者。

"来了。"

朝比奈学姐身披斗篷,端着托盘小跑过来。

"有什么需要吗?"

我可不是叫你来点菜的。我真的很想问一问,你究竟是在扮演魔法师还是女仆,不过算了……

"这究竟是怎么回事?"我拿起剑问道,"春日成了勇者,要去讨伐什么魔王。还有,我们为什么会在这里?"

"唔?"朝比奈学姐睁大了惹人怜爱的眼睛,"这里不是主

题公园的游乐设施吗?"

一个新鲜的说法。

"唔……我记得我们大家来了一个类似游乐园的地方,又进入某个场馆里……不是每个人都要沉浸式地扮演一个角色去玩冒险游戏吗?"

我想听听古泉的想法,但他摸着下巴,似乎也陷入了沉思。

"这里的一切都太真实了。城堡和这家酒馆不像是布景,这里的人也不像是临时演员。而且,我不记得我们到过什么游乐园。"

我也是。无论是打游戏还是去游乐园,我通通没有印象。

"咦?"朝比奈学姐将她的纤纤玉手贴在脸上,"我好像还记得我本来是个魔法师……咦?好奇怪……SOS团……凉宫同学是勇者,阿虚是战士……奇怪了?"

我叹了口气。如果这个世界指望春日来当勇者,那一定是极度缺乏人手了。我觉得去求职中心找一个人来当勇者都比她要靠谱。

"朝比奈学姐,你能使用魔法吗?"我试探着问道。

"我能啊。你要看吗?瞧,这个咒语可以把耳朵变大……"朝比奈学姐自信满满。

她开始演示。

"这个咒语能让一根香烟从一百日元的硬币当中穿过去。咻,咻!"

我真的好想哭。你错了,朝比奈学姐。这不是魔法……但我必须承认,魔法和魔术在英语里都是"magic"。

"咦,怎么没成功?唔,之前练习时明明成功了。再来一次。"

不用了不用了,你已经做得很好了。

我无奈地拍了拍脑门。这时,有张桌子的客人在叫侍者。

"啊,来啦,来啦。"

魔术师朝比奈学姐慌忙跑去,结果又被斗篷绊倒在地。

"哎呀!"

事已至此,我只能搬出我的终极武器了——

"长门。"

这位娇小盗贼的嘴巴里塞满了食物,她一言不发,大口大口地咀嚼着。听见我的呼唤,她静静站起身,朝我走来。

我正要开口——

"模拟。"

她盯着我面前那盘没吃完的菜。

模拟?这状况怎么看都是RPG吧。

"……"

长门站着,像是在思考合适的词语。过了一会儿,她淡淡地开口道:

"我也不太理解。最有可能的情况是,我们正处在一个模拟空间里。"

"换句话说——"古泉开口道,"我们被某种生物以某种方式丢进了与现实世界隔绝的另外一个空间中,对吗?"

长门点了点头,目光始终停留在那盘菜上。

我拉过手边的椅子,示意长门坐下后把食物推到她面前。

我继续问她:"什么生物?什么方式?谁能搞得出这样的把戏啊?"

"不知道。"长门像是丝毫没有危机感,又默默地把剩下的食物往嘴里塞,吃完之后,她又说道,"我感觉好像设置了某种结束条件。"

也许是看出了我的茫然，想要为我指点迷津，长门思索了片刻，慢慢说道：

"应该有一个解除这种状态的触发条件。"

这个条件猜也能猜得到。眼前这种情况，我们必须完成的任务是……

"讨伐魔王，对吗？"

古泉优雅地拨弄着竖琴，替我说出了答案。

没错，我们必须去击败魔王，这下总算是解决了一个问题。至少我们明确了目标，接下来只要考虑用什么方法就行了。

"你说对了，但是……"

我怒气冲冲地看向春日。最大的难题依然存在。没错，总给我们惹麻烦的就是这个不省心的SOS团团长。

"菜快不够了！来啊，新来的客人快点罚酒三杯！"

宴会已经持续了三天。这几天里我们唯一做的事情就是来回于旅店和酒馆之间。我们不知道魔王城在哪里，没有打怪升级，也没有外出寻找任何有用的道具。我们什么事都没干。

春日不是什么勇者，她只是个挥金如土的大富豪；朝比奈学姐命中注定一般成了女侍者；古泉在一群花痴女人的包围下，日复一日地提高着他的竖琴技艺；长门则完全变成一个大胃王。

我开始怀疑我们是否真的是勇者一行人，也许我们是冒牌勇者和她的追随者。搞不好在这个世界的某个地方还有一群心怀正义的大好人，而我们只是冒名顶替的恶棍。我每天都活在惊恐之中，生怕国王察觉到这一点，然后就会有怀揣着逮捕令的卫兵破门而入。每当有人推开酒馆的大门，我的心都怦怦直跳，这种反复的惊吓让我的胃一直隐隐作痛，只有我自己知道那不是因为吃多了。

我松了一口气，进来的不是卫兵——

而是一名年纪难辨的老者，他白发白眉，满脸皱纹，仿佛一位隐居的仙人，浑身散发着深不可测的气息，好像下一秒就要揭示某种超凡的力量。他不知在思索些什么，突然目光锐利地看向我。

"……你们怎么还在这里啊？"

突如其来的责问让我哑口无言，我只能尴尬地站在那里。

老者发出一声苍凉的叹息，他慢慢走向春日的桌子。

"勇者春日啊。"

"什么事？"

春日正在和一个醉汉掰手腕，她抬头瞥了一眼这个可疑的老者。

"参赛费是一枚金币，赢的人可以拿走全部，你要是想参加，就去那边的比赛登记表上写下你的名字。"

"荒唐。"

这位老者，你说得太对了。

"我以为你们已经快到魔王城了，结果居然还没有离开这座小镇。勇者春日啊，毁灭之日已近在咫尺，你必须领悟，讨伐魔王乃是你义不容辞的使命。"

"这老头是谁啊？在这说教。"

"我是——"他威风不减，背脊笔挺如山，"森林贤者。我的职责就是为你们提供各种信息，指引你们走上正确的道路。"

酒馆里顿时安静下来。老贤者那苍劲的声音在一片静谧的氛围中显得格外有力。

"本来我应该等你们来找我,但迟迟不见你们的身影,我只好主动前来。听好了,勇者春日——"

"我懂了。"

你懂什么了?

春日像是已经听进去了老者的话,她毫不犹豫地站起身,嘴角带着笑容。

"我早就料到你这样的角色该出场了。正好我们的钱也花得差不多了,换个地方也不错。"

明知故犯说的就是春日这种人。我们把军费都花在了吃喝玩乐上,真是一群让人哭笑不得的勇者。

"哎。"这位森林贤者道出了我的心声,"好了,跟我来,勇者春日和她的随从们。我先指引你们去第一个地方。"

真不容易啊。我一边摇头一边站起身。再看一眼古泉,他正在和几个依依不舍的姑娘一一握手告别。朝比奈学姐从店主手里接过一个装了报酬的皮袋,而长门已经在店外等我们了。

"阿虚,走吧。"

春日拉着我的胳膊向外走,走到一半又回过头来说:

"好,那我们去讨伐魔王了。我会带很多金银财宝回来的,到时候大家再接着开宴会!一言为定!"

客人们的欢呼声仿佛潮水,将我和春日推向前方。

出了城镇,我们来到了一片绿色的开阔地。幽深的绿色勾勒出森林,清浅的绿色则铺陈出平原。眼前的风景犹如一幅去除繁杂的朴素画卷。

"听着——"森林贤者在前面带路,"前面森林的最深处有

【act.1 奇幻篇】

一个洞穴,洞穴不深,不用担心迷路。那里面有一个宝箱,魔王城的大门钥匙就在其中。"

也就是说,我们得搞到那把钥匙。

"OK!"

春日点了点头。

"来吧,各位,事不宜迟赶紧开干。出发!"

春日像箭一样冲了出去。没办法,我们只能跟上她。再怎么说也不能让勇者单枪匹马地上战场吧。

我依稀听见老贤者在我们身后喊着"等等,我还没说完",但春日迅疾的步伐让我们很快就什么也听不见了。

我们在森林的平坦小路上跑了一会儿,来到了路尽头的洞穴。这个洞穴弥漫着一股阴森的气息,大家都觉得里面一定有某种邪恶的怪物在守卫着宝箱,但春日却不以为意。我们风风火火地踏入洞穴,还没走五步就停了下来。

"哇。"

前方是一片巨大的空地。不知为何,四周的墙壁都发着微光,整个洞穴并非漆黑一片——它显露出一个我们并不想看到的东西。

"哇,好大啊……"

朝比奈学姐倒吸了一口凉气。

"确实。"古泉点点头,"我们要怎么打倒这家伙?"

"……"

长门一言不发,只是抬头看着。我也同样沉默,呆滞地望着眼前的巨大黑影。

"我说……"

春日不停地挠头。

"一上来就让我们对付这种怪物?是不是搞错了?"

春日怀疑自己的脑袋是不是出了毛病,这也不能怪她——

一条巨龙正冷冷地瞪视着我们。它庞大的身躯令人惊愕,浑身都散发着令人心颤的压迫感。看来它就是这个洞穴的主人和宝箱的守卫者。

就在我们目瞪口呆之时,巨龙张开了血盆大口……

我们无计可施。它喷出的龙息让我们瞬间团灭。

"我都说了……"

森林贤者皱着眉头说道。

"听完我的话再行动。以你们现在的等级,根本无法打败洞穴守护龙。你们必须靠战斗之外的方式绕过它,才能够拿到钥匙。"

我们重新出现在森林的入口。为什么全员阵亡后我们又活了过来?自然因为这里是存档点,不然还会有别的原因吗?

"知道了。"

春日一脸不耐烦地打断了老者。

"总之只要拿到钥匙就行了,对吧?这次我们会成功的。"

"听我把方法告诉你们……"

"不用,闭嘴吧。"春日的眼中燃烧着复仇的火光,"刚才因为大意,我们被它偷袭了。只要我们做好准备,就绝对不会输给那种家伙。等下我们会把它打得体无完肤!"

说完,春日又冲了出去,我们只能无奈地紧随其后。我真的很想离开春日单独行动,可惜我根本没有选择。说真的,快来个人帮帮我吧。

我们重新进入洞穴,又一次站在巨龙的面前。悲剧的一幕再次上演,我们被龙息吞噬,结果依然是全灭。

"我都说了要听我的……"

森林贤者的声音听起来很疲惫,但我更疲惫。朝比奈学姐躺在地上发出哀鸣,古泉的笑容也显得无精打采,只有长门的表情没什么变化。

"我有点生气了。"

春日愤怒地咬着指甲。

这也难怪。多亏了春日那无勇无谋的冲锋,我们已经团灭了五次。冲进洞穴、与龙战斗、龙息瞬杀——我们只是将这个过程重复了五次,当然每次的下场也都一样。下一次将是我们的第六次团灭。我已经受够了。

"春日,你冷静点,听听这个老人家要说什么。照这样下去,我们会永远停留在这里的。"

春日"哼"了一声,盘腿坐下。

贤者看起来像是松了一口气。

"嗯。大家听我说。你们必须先催眠洞穴里的龙,然后趁机找到藏钥匙的地方。要想让龙入睡的话……"他从怀里拿出一个水晶球,"必须用这个'惰眠之球'。不过,我不能白白送给你们。上了年纪以后,我这老胳膊老腿的关节疼得厉害呀。我听说东边有一种叫'痛风消'的药草十分管用,只要你们能帮我弄一些回来,我就把这个'惰眠之球'送……"

森林贤者的话还没说完,春日已经迅速起身,将利剑对准了他的喉咙。

"我们还是别兜圈子了。"春日笑起来简直就像一个强盗，"你要的草我晚点再给你。先把球交出来，听见没？我们可不会做小孩才会做的跑腿活，这里是勇者和她勇敢的随从们，任务就是要拯救世界，为了达到目的，我们会不惜使用一切手段。"

看着目瞪口呆的老贤者，春日继续用阴森的声音说道：

"你敢动一下，我就让你去见阎王。让我一个这么有敬老之心的人做这种事，我会痛心的。"

森林贤者重重地喘着粗气。我猜，这个世界也不愿意被这样一个爱抢东西的勇者拯救吧。

"快点，有希。趁现在赶紧把那个球拿走。"

毕竟长门是盗贼嘛。

不过，就现在的状况来看，想从一个被利剑指着喉咙的老贤者那里拿到一个球，恐怕也不需要什么特别的技能。

"……"

长门没有急着行动，慢慢靠近贤者，轻松地抓起那个"惰眠之球"，然后一言不发地退回到原来的位置。

"对不住了。世界毁灭和老爷子的风湿，孰轻孰重一目了然。我也没办法。"

春日收起剑，露出满意的微笑。

"如果连世界都毁灭了，谁还会再去在乎关节疼不疼？生命才是第一大的。别担心，草药的事我会放在心上的。"

春日举起一只手，仿佛要号令天下一般说道：

"阿虚，大家，出发吧！我们去催眠那条龙，再把它暴揍一顿！"

这才是你的真正目的吧。

无论我们怎么攻击，这条龙都不痛不痒，毫无反应。反正它一直睡得很香，这也挺好的。

我们顺利拿到了魔王城大门的钥匙，出来时发现森林贤者还等在外面。当然，他的脸色并不好看。这个老爷子还没吃够苦头啊。

"这样就行了吧？那么，那个妄想统治世界的无脑魔王在哪里？快告诉我。"

"啊——"

贤者舔了舔嘴唇，支支吾吾地说：

"其实，仅凭这把钥匙是无法到达魔王那里的呀。魔王城里有一座迷宫，迷宫的尽头处有一扇'幻梦之门'……"

"钥匙呢？"春日问道。

贤者显得越来越难以启齿：

"北面有座废弃的小镇，那下面有座地下城。魔王忠实的仆人，一个邪恶的魔法师就在那座地下宫殿里供奉着黑暗神。'幻梦之钥'就在他手里……但是，他的领地处在黑暗神的影响下，你无法直接进入。进入迷宫之前，你们必须接受'圣别之球'的洗礼呀。"

"嗯……"春日止不住地笑，一边示意他继续说下去。

"……'圣别之球'在我手里呀。但是……怎么说呢，可能是因为上了年纪吧，最近我的眼睛有些模糊，有一种长在西边大陆的东西……"

老者苦涩地叹了口气。

"……叫'眼疲立消草'，据说那东西很管用呀。如果你们能帮我采一些来，我很乐意把球给你们。怎么样？"

我正等着春日再一次的"抢劫行动"。不料她却从剑柄上收回了手——

"你真的是正义一方的吗?"

春日目不转睛地盯着老者的脸。

"你不对劲。现在哪还有老头会在说话时加什么'呀'。我看你这个人简直可疑得很。你该不会就是最终boss吧?"

"你,你说什么?"

春日噘起嘴巴,直直地盯着一脸慌张的森林贤者。

"说不定真正的贤者早就被干掉了。你假装亲切地告诉我们那些钥匙和球,其实是想让我们唤醒魔王身后的最终boss。等我们打倒了魔王归来时,听到的却是'干得好,勇者们。多亏了你们,我身上的封印已经解除了。我必须感谢你们'。然后,你就会伴着瘆人的背景音乐哐哐哐地登场。这就是你的打算,对不对?"

森林贤者求救似的看向我。我只能耸耸肩。如果春日的猜想是真的,那这个剧本可真够狗血的。

"怎么会呢……"老者的辩解略显苍白,"嗯,不会的。以前也许会……哦不是不是,绝对不会。没错,魔王就是最后的boss,后面什么也没有了。我只是一个亲切的森林贤者。"

像是为了证明自己的话,老者又从怀里拿出一个水晶球。

"眼睛不舒服忍忍就好。与拯救世界相比,我这点小事根本算不了什么。瞧,这就是'圣别之球'。拿去吧,勇者春日,另外……"

他又拿出另外一个球。

"这是'追傩之球',可以让魔王暂时无法行动。有一种叫'百病灭'的药草长在遥远的南方大陆,但是算了,为了世界,我也不再唠叨了……"

"谢了。"春日点了几下头，却没有伸手拿球，"但我不要什么球，也用不着那些烦人的钥匙。你只需要告诉我一件事。"

春日两眼放光地看着那个瞠目结舌的贤者。

"魔王的城堡在哪里？你只要告诉我地方，剩下的就交给我们吧。嗯，我讨厌绕弯子。总之就是要打倒魔王，对吧？我会搞定的，所以你得告诉我城堡在哪里。快点说。"

"可是……"老者依旧十分震惊，"你们打算怎么做？就算到了城堡，以你们目前的能力……"

"没问题。"春日调皮地一笑，转向我们。她依次扫视我、古泉、长门和朝比奈学姐。

"我有这么强大的伙伴呢。我根本不需要那些花里胡哨的东西。要让我们拯救多少次世界都没问题。我相信我们一定能做到。"

春日像个傻子似的放声狂笑起来。

"因为，我相信我们能做到。"

就这样——

我们到了。我们大概跳过了一大堆该去的地方，既没获取必要道具，也一丁点儿没升级，直接从起点来到了最终关卡。

魔王城高耸入云，在雷云的映衬下显得气势逼人。一股邪恶的气息扑面而来，散发着令人不寒而栗的恐怖能量，哪怕只是多看了几眼，精神上都会感到巨大的压力。我的本能告诉我，一步也不要靠近。

"春日，怎么办？"

我看向春日,这位女勇者像眺望富士山一般注视着魔王城。

"我们一路上都没怎么正经战斗过,感觉又要像上次对付龙的时候一样全军覆没了。估计打多少次都是一样的结果。"

"我也这么认为。"

古泉难得地站在了我这边,紧紧抱着他那把宝贝竖琴,这玩意儿自从出了酒馆之后就再也没派上过用场。

"我觉得遇上这样的对手,正面进攻是不行的。我们面对的毕竟是魔王,城堡内部肯定遍布着强大的怪物和陷阱。我们能不能抵达魔王的宝座都难说。"

"有道理。"

春日面带微笑,看不出一丝慌乱。

"……"

长门一言不发。她默默地站着,跟往常一样没什么存在感,没有表态,仿佛一朵淡泊的冬日之花。

"没问题的。"春日自信满满地说道,拉过那个身穿斗篷,正瑟瑟发抖蜷缩成一团的学姐,"这里就交给实玖瑠吧。"

"什么?"

朝比奈学姐吓得向后一仰,春日搂住她的肩膀,用教虎皮鹦鹉说话似的语气说道:

"听好了。你是个魔法师。既然你能成为勇者团的一员,就说明你一定比世界上的任何人都更会用强大的魔法。我确信,你一定可以的。你的潜力是顶尖的,就差觉醒了。来吧,实玖瑠,释放你那隐藏的潜能吧。别犹豫了,用你超强力的魔法摧毁这座污秽的城堡吧!"

"可,可是……"

朝比奈学姐不安地抓着斗篷,来回看向春日和魔王城。

【act.1 奇幻篇】

"我，我不太懂魔法……我只会把耳朵变大一点……"

"你要相信自己。"

如果选对时间和地点，这句话还是挺管用的。不过，春日向来不会考虑什么时间地点，这才是她一贯的风格。

"你可以的，实玖瑠。你是我选的人，肯定不会错的。你特别棒！你是个可爱、性格好、稍微有点笨拙的魔法师。嗯，完美。"

春日伸手指向魔王城。

"现在正是施展实玖瑠终极魔法的时候。准备好了吗？来吧，实玖瑠，不管什么魔法都行，快使出来吧！"

"是，是……"

朝比奈学姐闭上眼睛，低下头，开始嘟嘟囔囔地咏唱起像咒语一样的内容。春日像牧羊人看着小羊羔一样望着她，而我则像平时一样注视着朝比奈学姐。

我根本没空管古泉的表情，但不经意间瞥见一直发呆的长门突然睁大了眼睛。

我还没来得及问她发生了什么事——

朝比奈学姐就释放出了终极魔法。

"看来她同时发动了流星爆裂和恶魔地震这两个魔法。"

古泉解释道。

"我在酒馆里听说过。神话里记载了这种传说中的魔法。据说，要想掌握这两种魔法，必须同时拥有失传的远古知识和神级强大的魔力，没想到朝比奈学姐这么轻易就突破了极限。"

突破过头了吧，简直把游戏平衡性都搞没了。没必要一个大招就把一切都轰飞吧？

"不错嘛。"当然，最没心没肺的那个人非春日莫属，她一脸窃喜，似乎对完成任务感到非常高兴，"不愧是实玖瑠，居然能放出如此大招……嗯，虽然有点出乎意料，但就算是一个意外的惊喜吧。"

被夸赞的朝比奈学姐却脸色发青，她看着自己的杰作，似乎随时都会晕倒。

"哇……好可怕。"

我们站在一座小山丘上。我们刚才所在的地方，甚至包括魔王城在内的周围约三十公里的区域，已经完全成了一片不毛之地。一个巨大的陨石坑赫然出现在我们面前。

朝比奈魔法的终极奥义真是太恐怖了。要不是长门救了我们，恐怕我们早已变为一堆灰烬了。就在数以千计的陨石和直下型强力地震（注：震源位于城市正下方的地震）即将摧毁魔王城一带的瞬间，长门以迅雷不及掩耳之势，用她纤细的胳膊将我们所有人都抱了起来，再以接近瞬移的速度跑到了这座山丘顶上。现在我是不是可以悠闲地感叹一下——长门你不愧是盗贼，逃跑速度可真快……

"……"

长门呼吸平稳，面无表情地盯着到处冒烟喷火的方形大坑。

就这样，魔王连同他的城堡一起灰飞烟灭了。皆大欢喜……吗？总觉得我们好像忘了什么。

"好，我们回去吧。"

完成了任务的春日笑开了花，脸上的得意一览无余。

"可惜那些宝藏了。但也没办法，毕竟都炸没了。我们打倒了魔王，拯救了世界，国王也会很满意吧。是时候凯旋了，大家赶紧计划一下庆功宴。"

庆功宴什么的不该由自己去策划，而是该等别人来办，我

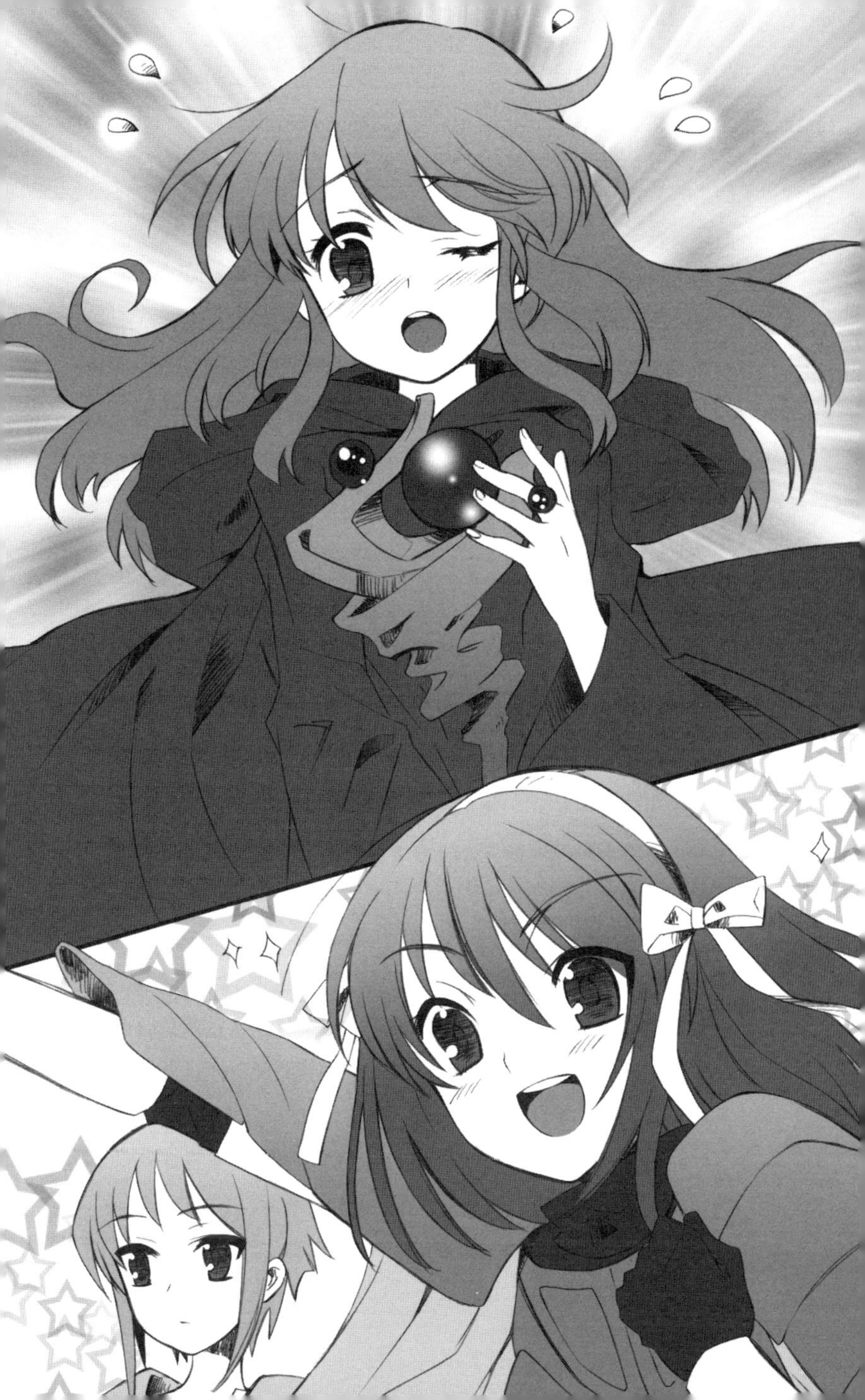

们坐等着就好了。地点也不应该是那家酒馆,而是王宫的大厅,而且要隆重地……

不对,等一下。我们不应该回那里吧?魔王已经被打倒了。也就是说,我们应该已经满足了条件。按照RPG的套路,现在应该要响起结束曲,我们也应该回到原来的世界了。

"任务未完成。"

长门轻声嘟囔,转头看向我。

我瞪大了眼睛,完全搞不清此刻的状况。长门淡淡地说:

"看来会有惩罚。"

我更摸不着头脑了,像旗杆一样傻傻杵在原地。这时,周围的景物突然剧烈地变化起来。森林和山峦开始坍塌,黑暗的夜空以惊人的速度铺展开来。夜空?更夸张的是,放眼望去,三百六十度到处充满着不会闪烁的星星。

"……"

我和长门、古泉、朝比奈学姐通通愣住了。

我不得不再说一遍,我的感受和第一次误入幻想世界时一模一样——

"这什么情况?"

不经意间我又冒出了这句话。我也不想总是重复这一句,但实在想不出其他能说的——等我回过神来时,我发现我们正飘浮在宇宙空间中。在确认自己手中握着某种类似操纵杆的东西之后,我终于开始环顾四周。我发现自己身处一艘复古未来风的宇宙飞船的驾驶舱内,春日、长门和朝比奈学姐都穿着难以描述的服装。她们的穿着性感,姿势撩人。

"妙啊妙啊。"

古泉笑嘻嘻地坐在我身边,他已经从吟游诗人快速切换成了宇宙飞船的驾驶员。

"看来我们被分配到宇宙巡逻队了。这算是第二关吗？"

别来问我啊。难道这就是未完成任务的惩罚吗？这次又想让我们干什么？

"能听见吗？广域银河观测机构巡逻部队下属春日小队。"

面前的控制台里传来某个大叔低沉的声音。不知为何，听起来有点像那个国王。一种不祥的预感涌上心头。

"这里是第五银河分离帝国，朕是皇帝。我的王子和公主被邪恶的宇宙海盗绑架了。他们企图毁灭银河系。我请求各位，粉碎他们的野心，帮我找回我的孩子们。"

"OK。"

春日想也不想就答应了。

"对付宇宙海盗这种事就不收你钱啦，毕竟我们是银河巡逻队嘛。你就尽管放心待在你的大飞船上吧，这次一定能救回你的孩子。"

原来如此，我差点忘了。这就是所谓的第二回合啊……正当我恍然大悟时，春日用力拍了一下我的肩膀。她笑得比周围任何一颗星星都要灿烂。

"出发吧，阿虚。哪怕到了宇宙的尽头，我们也要追捕那些坏蛋海盗！"

没办法，不管目的地是宇宙尽头还是环形世界，反正我都违抗不了队长的命令。再说，如果不救出那些动不动就被绑架的王子和公主，似乎就无法完成任务。

不过，总不至于还有第三回合吧？千万别让我去演西部片玩枪战啊……

"引擎全开,全速前进!"

听见春日的号令,我生无可恋地用力推下操纵杆。我只能祈祷下次回过神来时自己正在社团活动室里喝茶……

SOS act.2 银河篇

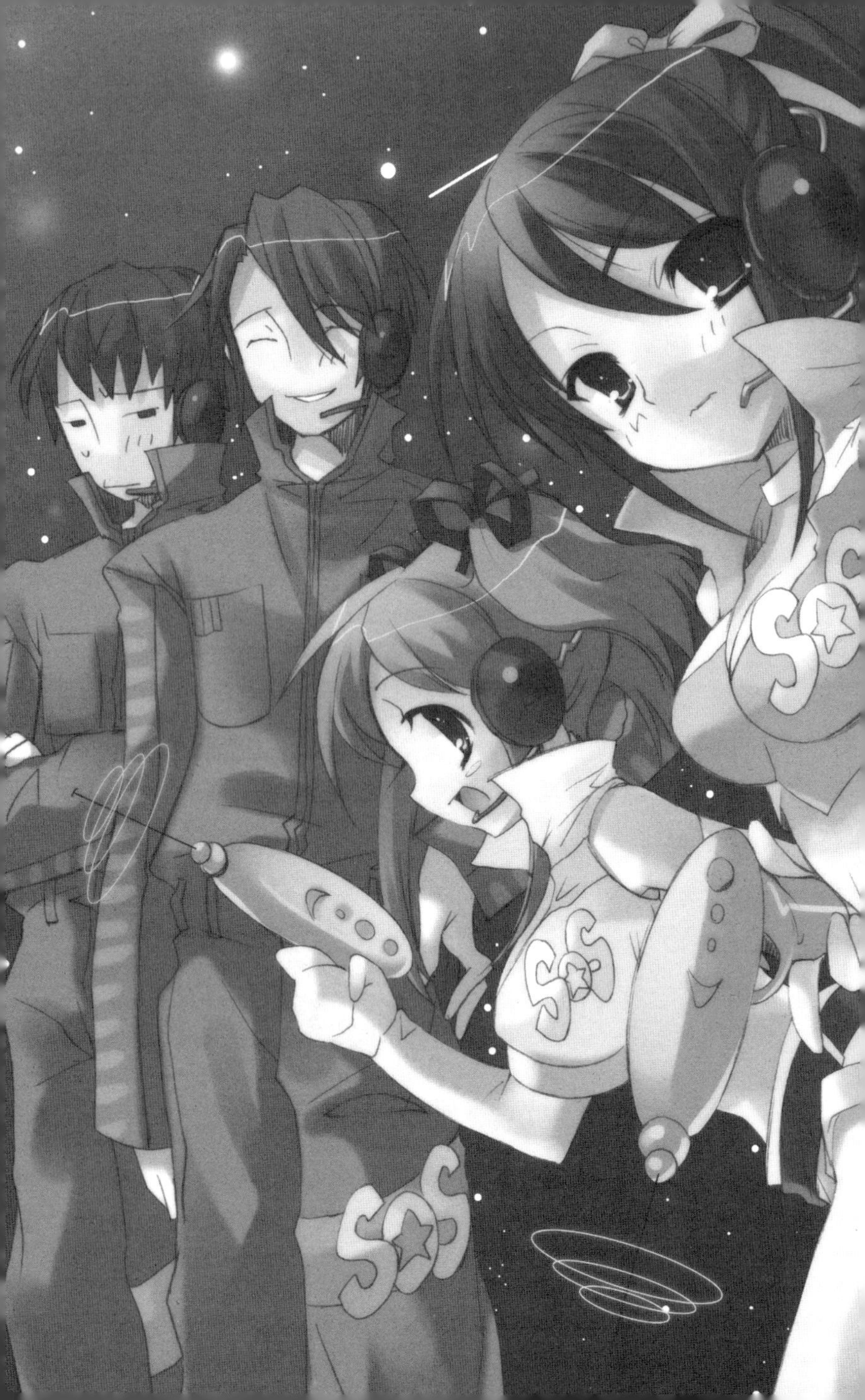

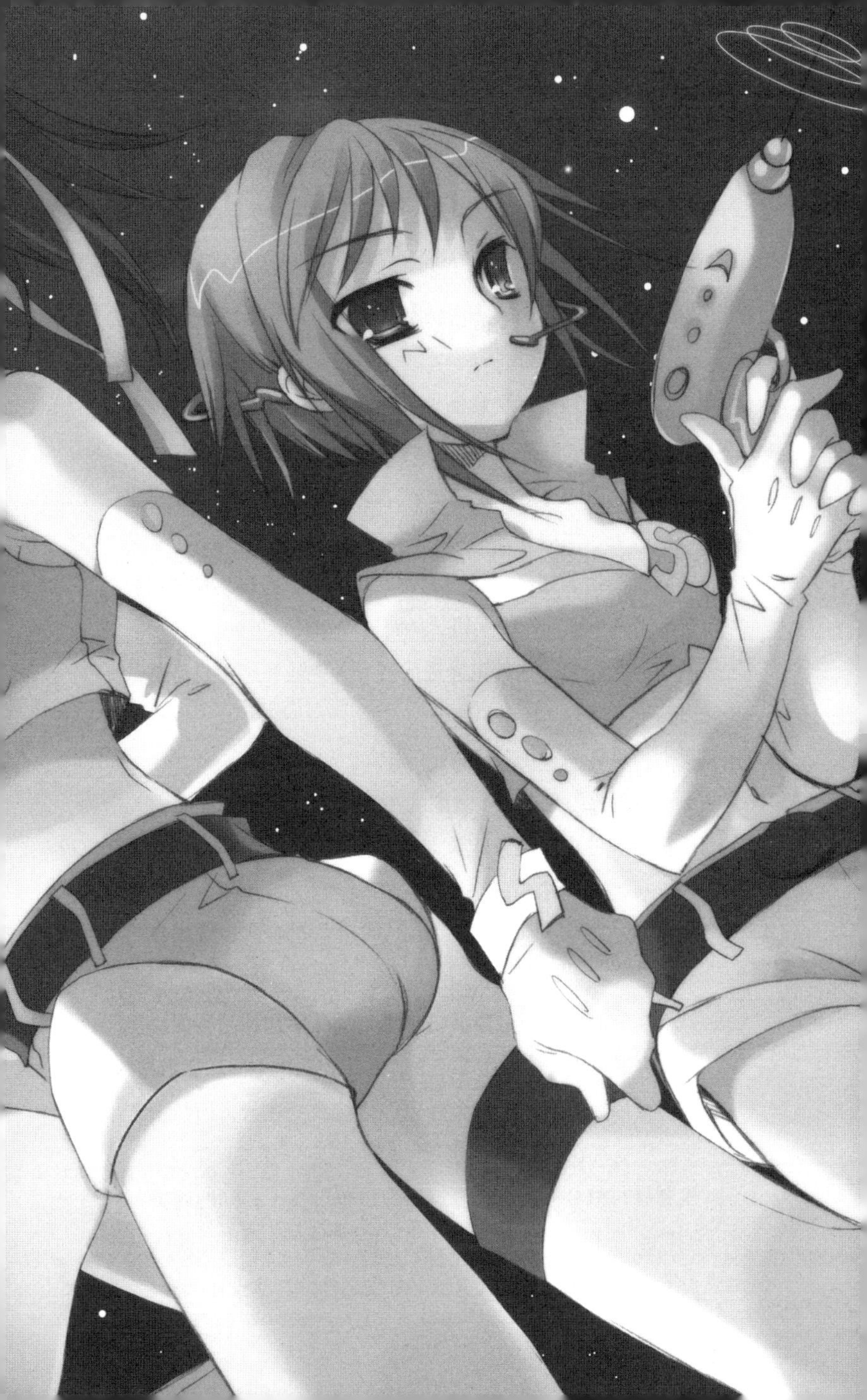

老实说，我真的搞不清楚到底发生了什么。

本以为我们SOS团的五个人就像穿越到异世界的小说人物一样，身处中世纪欧洲风格的世界，结果却是被带到了一个廉价的奇幻RPG中。然而勇者春日并不愿意按部就班，连带着我们这群随从，所有人从1级开始就完全没升过级，几乎跳过了所有可能服务于主线任务的支线任务，直接把待营救的王子公主连同魔王和他的城堡一起炸飞了。结果，我们被某种神秘势力判定为任务失败。作为惩罚，我们又被扔到了另外一个世界，这次以银河为舞台。两种世界观的巨大落差让我感觉自己的认知能力都出了问题。

我不禁思索——我们到底要干什么？

这个"世界"是什么？我们现在又在什么地方？

喜欢推理的古泉说"应该是某种游戏"，万事通长门则表示"很有可能是模拟空间"，而并不太在意这一切的朝比奈学姐则认为是"主题公园的游乐设施"。思前想后，我觉得长门的说法才是最接近真相的。

如果真的有人把我们随便扔到一个世界里进行某种模拟实验，那我真恨不得一个助跑冲上去，再给他一记上勾拳。不过，只要我们可以完成所谓的任务，也许就能改变现状，回归正常的生活。毕竟现在我们只有这一个线索。

和之前的RPG一样，这个世界似乎也设置了相同的通关条件——营救王子和公主。换句话说，除了舞台从中世纪的欧洲变成了宇宙空间，魔王变成了宇宙海盗之外，其他没什么变化。

【act.2 银河篇】

同样地，我们的身份也从传说中的勇者、吟游诗人等变成了未来感十足的角色，现在我们是"广域银河观测机构巡逻部队下属春日小队"，听起来就非常不靠谱。而我的身份似乎也随之变成了宇宙飞船的驾驶员。

之所以这么说，是因为我正坐在驾驶座上，手里还握着一个怎么看都是操纵杆的东西。眼前的显示屏上布满了根本不会闪的星星，就差直接开口告诉我们这里是宇宙了。宇宙旅行是我童年的一个梦想，却没想到实现得如此轻巧。

我们没有经受任何考验就到了宇宙，实在是愧对那些每天刻苦训练的宇航员。

不过，很难说这到底是不是真正的宇宙。说起来，这里更有可能是另一种意义上的梦境。望着浩瀚的星空，我并没有激动到两眼放光——我的童心没有泯灭，只是对眼前的一切都看开了。

"出发吧，阿虚。"

春日的声音犹如盛夏明媚的阳光，打断了我的思绪。

"快去一口气歼灭宇宙海盗，把人质救回来。全速前进，马赫冲刺！"

我向后转过头去，这艘宇宙飞船的舰桥和CIC（注：Combat Information Center，作战情报中心）的全貌自然地映入眼帘。

虽然叫宇宙飞船，但整体并没有很大，驾驶区的面积也就和文艺社的活动室差不多大。春日坐在最后一排最高的位置上，座位的铭牌上还刻着"队长"两个字。

春日一副神采飞扬的样子，她的衣服既鲜艳又性感，无论怎么转移视线都难以忽视她那姣好的身材。这家伙难道一点都不觉得自己的这身装扮很奇怪吗？

春日身上的衣服让人联想到几十年前国外的科幻片。

"总之先直奔海盗的老巢。接下来就简单了。我们直接闯进头目的所在地……"说着,春日从腰间的枪套里掏出一把像是铁皮玩具一样的激光枪,"用这个砰砰一顿射,应该很快就能解决。顺便把他们藏起来的金银财宝也带走,还给原来的主人。他们一定会感谢我们的。"

你挥舞着枪说话倒是无所谓,但千万别不小心扣下扳机啊。我的动态视力可没那么好,躲不了以光速飞来的射线。

"放心吧,我只会开枪打海盗。"春日把枪放回枪套,继续说道,"所以呢,阿虚,快点开往海盗的老巢。这艘飞船真的在动吗?外面的景色怎么一点都没变?"

那个复古风格的速度表显示,我们正以很快的速度在飞行。景色之所以没有变化,是因为这里是浩瀚的宇宙空间。

"算了,先别在意这些了。"我摇了摇头问道,"我们到底往哪个方向飞啊?那些海盗的老巢到底在哪里?"

"谁知道。"春日毫不犹豫地回答道,"我反正不知道。有希,你知道吗?"

被点名的长门沉默了片刻,慢慢地摇了摇头。顺带一提,长门坐在侧面的座位上,似乎负责监测雷达之类的工作。

"……"

长门穿着和春日一样的衣服,她稍微摆弄了一下控制台,措辞谨慎地回答道:

"全方位探测模式,正在搜集信息。"

"请尽快。我想早点完成任务去星球观光。"

春日靠在队长座位上,看向长门对面的座位。

"实玖瑠,给我倒杯茶。"

【act.2 银河篇】

"啊,好的。"

同样衣着性感的朝比奈学姐站起身来,消失在了身后的自动门里,很快又端着五个茶杯回来了。我原以为会是那种连着管子的饮料,没想到这艘宇宙飞船里竟然有人工重力,可以喝到普通的茶。我倒真想了解一下其中的原理。

"请用茶。唔,它的包装上写着'产自惑星当加拉的煎茶'。我尝了一下,味道很奇特。"

朝比奈学姐笑着端来茶水的样子很是讨喜,但她的本职工作应该是通信员吧?不过,端茶服务员的角色看起来更适合她,而且我也可以放松一下。算了,就这样吧。

"喝茶固然好,但是……"古泉打断了优雅的品茶时间,"要想前往目的地的话,首先得确定我们现在的位置。毕竟宇宙是很大的。"

古泉就坐在我旁边,但我实在不愿意去看他——他穿着和我一样的飞行员服,这会让我不断地拷问自己,我究竟为什么要打扮成这样?

古泉放下和社团活动室里一模一样的茶杯,指着副驾驶座的控制台说道:

"我大致操作了一下,找出了这张宇宙星图。根据星图显示,我们似乎在第五银河分离帝国这个星际国家的边境地带。"

对了,某个自称皇帝的人好像说过这种话。

"哦?"春日正吸溜吸溜地喝着茶,"那海盗的老巢呢?"

"这个还未查明。"

古泉单手操作着面板,在屏幕上打开了多个窗口。

"国家的数量非常之多,但已经探索得差不多,没有多少未知区域了。我找了那些可能藏匿着海盗组织的区域,比如萨

尔加索空间，但目前还没有发现。"

古泉一脸愉悦地报告着。真不知道他到底在高兴什么，我可不认为现在是可以悠闲喝茶的时候。这个既像真实梦境又像体验游戏的异常状况到底什么时候才能结束啊？

"那当然是在委托的任务完成了之后。"

古泉冲我笑了笑，继续解释道：

"我们先来了解一下宇宙的历史吧。向我们求助的人是第五银河分离帝国的皇帝陛下。从'第五'这个名字来看，这个宇宙中似乎还存在着其他银河帝国。"

随着古泉手指的滑动，靠前的屏幕变成了星图。出现在我们眼前的是一张平面图，它被分成了几个不同颜色的区域。

"最初好像是一个帝国统治着整个宇宙，后来经过多次分裂和独立，才形成了现在的格局。数据显示，第五银河分离帝国是一个相对较年轻的国家。此外还有统一银河征服帝国、正统银河帝国流亡政府、银河帝国联合、神圣银河帝国、真银河帝国、真银河帝国边境区、银河帝国独立统合政体，还有……"

"够了。"我打断了古泉，"我知道了，这个世界到处都是银河帝国。然后呢？海盗在哪里？"

"嗯，是这样的。我参考了这艘飞船的电脑资料，我觉得我们不能简单地将那群人归为'海盗'。"

"哦？"春日一副无所谓的样子，"什么意思？"

"许多国家都主张自己才是正统的银河帝国，一直在进行领土争夺。电脑显示，那些所谓的海盗可能是其他国家的某艘军舰。所以这些'海盗'行动极有可能是非公开的军事行动。"

"哦？"春日放下空茶杯，似懂非懂地问道，"你的意思是，有国家在背地里做着海盗的勾当。不是海盗绑架了笨蛋王子和

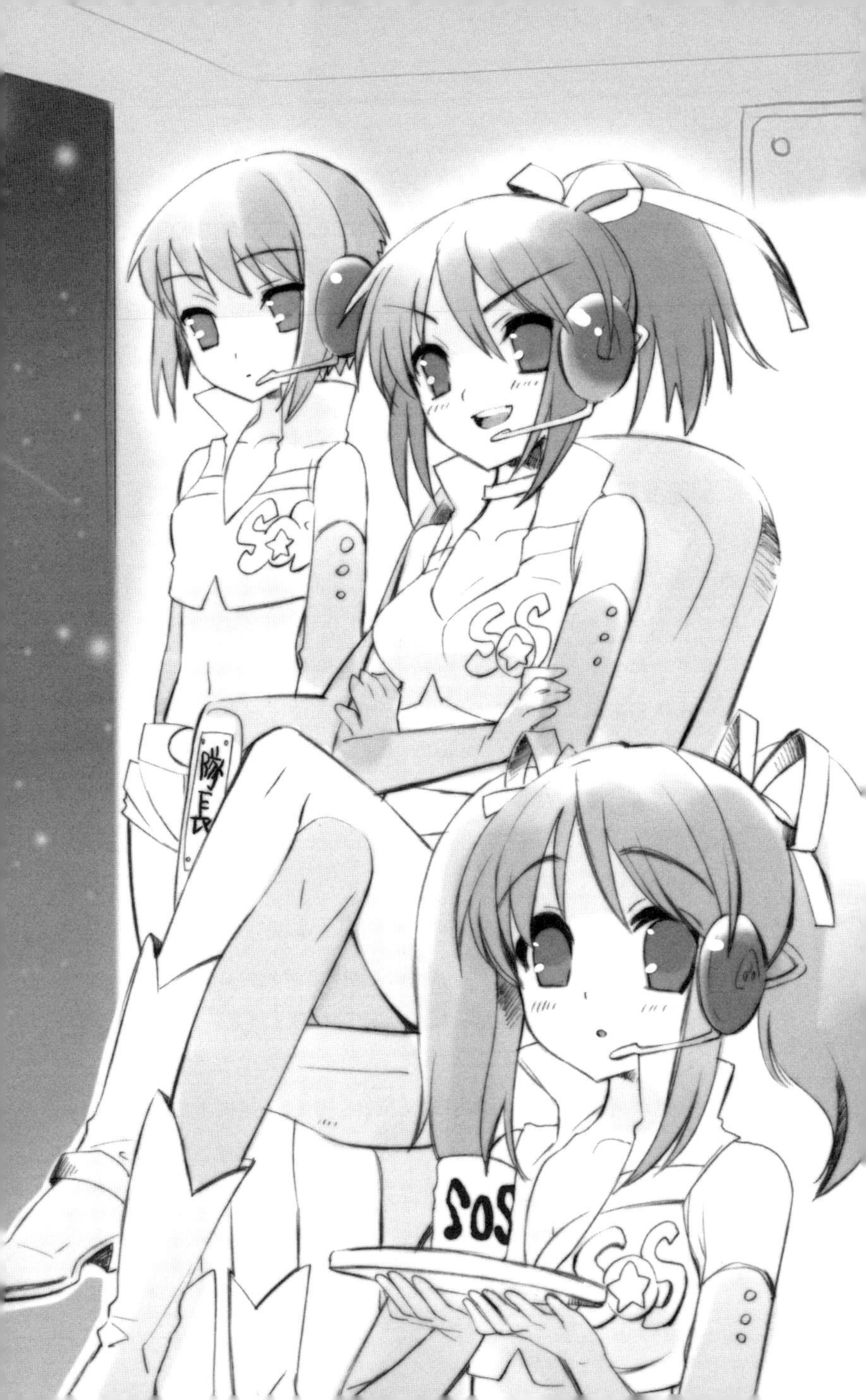
SOS

公主，而是其他国家搞的鬼？"

"有可能。如果真是这样的话，我们就不能轻举妄动了。"古泉摊开双手。

"我们是银河巡逻队，没有资格干涉国家之间的外交问题。打击海盗是我们的工作，但不可以介入国家之间的冲突。"

原来如此，有这样的规矩啊。

我叹了口气问道：

"那我们该怎么办？就这样一直在宇宙中飘着吗？"

"当然是去消灭海盗了。我可没有忘记受托的事。"春日干劲十足，"我才不管什么军舰呢，只要干了海盗的勾当那就是海盗。我们一口气冲进去，干完之后再飞快地撤回来不就好了。只要王子和公主都平安无事，那个国王也没什么闲话可说吧？"

既然是帝国，称为王子不很奇怪吗？不应该叫皇子吗？

"听上去倒是不错。"我继续说道，"又回到一开始的问题了，你得告诉我该去哪里，连海盗的影子都见不到，我们怎么消灭？"

"我想想……"

春日陷入了沉思。

突然间，春日像是想到了什么，她拔出激光枪，咔嚓咔嚓地调整了枪身侧面的刻度盘，接着将枪口对准了屏幕——

"这里。"

从枪口射出的光束变成了激光指针，指向了星图上的一个地点。春日一边微微调整着手，一边说道："既然如此，就凭感觉吧。我想了一下，这个宇宙也许只是看起来大，实际上根本没那么大。说不定随便飞着飞着就遇到了呢？把所有可疑的家伙一个个抓起来审问，总能得到一些信息的。"

【act.2 银河篇】

真的会这么轻松吗？

"我觉得可以。"古泉在控制台上输入了春日指定的坐标，然后冲我笑了笑，"我认为，剧情不会太复杂。既然通关是前提条件，说不定他们会主动出现在我们面前。上一次，不就是这样吗？"

"也是。"

我重新握住操纵杆，勉强点了点头。

我回想起在之前的那个奇幻世界里，正当我们在扯闲话时，我们本该寻访的人却自己找上门来了。我们一下子跳过了各种事件，直接摧毁了魔王城。这就好比刚一开场就跳到了结尾。而我们之所以失败了，估计是因为跳过了和最终boss的战斗。我们不能再重蹈覆辙。这次要谨慎一点，至少要和最终boss碰面。

"阿虚，跃迁全开！分裂矩阵（Schismatrix）号，全速航行！"

春日随口给宇宙飞船取了个名字，我则言听计从地执行了她的命令。

无论如何，春日的直觉早已超越常理，到达了无可置疑的、近乎"预言"的境界。只要按照她指示的目标前进，不管你是否愿意，都注定会遇到令人费解的奇异事物。这种体验让我终生难忘。

所以，我摆弄着操纵杆，准备开始跃迁。不可思议的是，我很快就掌握了操纵方法。就像玩游戏一样，不用看说明书也能大概知道玩法。

"分裂矩阵号，跃迁全开！"

我有些无奈地重复了一遍。这艘有着无聊赛博朋克名字的宇宙飞船就这么驶入了超光速空间。

呃，屏幕上的景象让我有些晕眩。它有点像扭曲的荧光色漩涡，还有点像SOS团网站上那个怪异的标志。这就是传说中的跃迁吗？和我小时候看的动画片里一模一样，我甚至还有点感动。

"要喝茶吗？"

朝比奈学姐一手端着陶壶，笑眯眯地问我。

她一脸的淡定，让人不禁怀疑，在不久的将来，宇宙航行和跃迁会变成日常生活的一部分——应该不至于吧。

朝比奈学姐显得十分放松，就像她平时待在社团活动室一样。我感到十分欣慰，欣然接受了她递来的茶。

那么，在这艘飞船的前方究竟有什么在等着我们呢？

春日蠢蠢欲动，满心期待着一场激光枪决战；长门沉默不语，仿佛全身都在散发着雷达波；古泉已经完全进入了玩家模式；朝比奈学姐则像是完全搞不清楚状况。还有我，由我们五个人组成的SOS团正乘着宇宙飞船向人类最后的边疆进发——我们的目标是海盗的老巢。

一小时后。

也罢，我早就预料到，在缺乏情报的情况下不会这么容易就找到海盗的老巢。

我一边摇动着操纵杆，一边问道：

"这是怎么回事？"

"如你所见。我们应该是被人抓住了。"

古泉耸了耸肩。

"我们被牵引光束困住了，无法移动。"

我们完全依照春日队长的命令，乘坐分裂矩阵号精准无误地跃迁到了银河中心。

就在那一瞬间，屏幕上出现了满天的繁星，还有一支几乎遮蔽了整片星空的庞大舰队。

我们无法估算究竟有多少艘。呈现在眼前的是一排排造型前卫的宇宙船，从小型到巨型应有尽有。

一回到正常空间就突然看见眼前的阵势，我自然是吓了一跳。然而那支神秘的大舰队似乎也吓了一跳。许多舰艇发生了连环追尾似的碰撞，场面一度混乱不堪。不过，他们很快达成一致，将船头齐齐转向我们，并发射出颜色奇怪的光束。刹那间，分裂矩阵号失控了，控制台开始不停地发出刺耳的警报声。

"吵死人了。"春日一边啃着像巧克力棒一样的宇宙食品，一边皱起眉头说，"快让这个奇怪的声音停下来。还有，把对面舰队的负责人叫来。那伙人是什么来头？怎么看起来不太像海盗的样子？"

如果这些人是海盗的话，那就麻烦大了。一艘小破巡逻船对上数以万计的战舰，怎么可能赢？难道朝比奈学姐的那些离谱魔法在真空中也能用吗？

警告声还在不停响着，犹如电子乐一般。兼任通信员和服务员的朝比奈学姐手忙脚乱地操作着座位面前的触摸屏。

"呃，我想想。我该怎么做才好呢？"

朝比奈学姐急得团团转。这也难怪，毕竟她在这里并不是魔法师。

"这个警报表示我们被锁定了。"古泉悠哉地说道，"我想对方会发来通信的。据我观察，我们的出现似乎让他们相当困惑。"

长门终于让像烟雾警报铃一样的声音停了下来——其实不过只是碰了一下面前的控制台而已。这艘宇宙飞船似乎特别配

47

合她，机器也乖乖"闭嘴"了。

几乎在同一时刻，前面的巨大屏幕上出现了一个似曾相识的老头。虽然只能看到他的上半身，但我一眼就认出他那副军装打扮了。

"抗议。"那个老头表情严肃，"差点就酿成重大事故了。如果你们的跃迁坐标和我们的舰艇重合的话，可能就引发大规模爆炸了。"

这个老头跟那个自称为森林贤者的神秘老头几乎长得一模一样。不过我已经见怪不怪了。

"广域银河观测机构来有何贵干？这片星域应该没什么值得一看的行星吧？"

嗯？怎么感觉这个老头有点坐立不安？很明显他把我们当成了大麻烦，但似乎还夹杂着几分心虚。

春日一直吃着她的巧克力棒，顾不上说话。吃完之后——

"你们又是什么人？提问之前先报上自己的名号。"春日咧开嘴，摆出一张怪异的笑脸，"我们是广域那么的的巡逻队，你知道的吧？那你呢？"

"我们是新正统银河帝国所属、第三宇宙机动舰队。我是舰队司令……"

还没等那老头说完，春日就打断了他：

"现在轮到我问你了。你们在这里干什么？这里停着这么多飞船。"

春日的质问让老头有些慌张，他心虚地避开了春日的目光。

"……这是军事演习。知道了就赶紧走吧。"

连我都察觉到了，春日自然更不用说。果然，春日说道：

"太可疑了。如果只是单纯在练兵，那就应该堂堂正正一点，你们的态度太奇怪了。古泉,这里是什么地方?"

古泉从手中的仪器上抬起头,说道:

"这里是第五银河分离帝国和新正统银河帝国的边境附近,我们目前的位置是在后者的领土内。确实偏离了正常的航线,如果是演习倒也说得过去……"

说到担任解说,这位古泉绅士可是无人能敌。

"但是规模也未免太大了。而且,这支舰队的航线恰好将绕道通往我们委托人的第五银河分离帝国。我顺便查了一下电脑数据,并没有发现他们最近要在这里进行军事演习的计划。至少广域银河观测机构没有掌握相关信息。"

"啊哈!"

春日那无与伦比的直觉似乎给出了答案。

"看来根本就不是练兵,而是要动真格的,而且还是不宣而战。"

屏幕中的舰队司令面露难色,明显是慌了神。

"你凭什么这么说?就算事实如此,银河巡逻队也没有权利干涉内政吧?"

"那倒是。"春日说道,"但看都看到了,也没办法了呀。万一我不小心说漏了嘴,告诉对方国家你们要发动战争,也是合情合理的吧?你别说,我现在就忍不住想告密了。"

"这,这可不行……不,慢,慢着。"

老头开始慌张地手舞足蹈起来。

看来我们跃迁到了意欲偷袭的舰队的正中央。事情有点儿麻烦了。

"算了,行吧。"

我是没搞懂到底为什么突然就行了。只见春日狡黠地笑道:

"我们只对宇宙海盗感兴趣，战争什么的太无聊了，我们就不掺和了，就当没看见吧。"

老舰队司令长舒了一口气。

"不过我有个条件。"春日从队长席上探出身子，"你得告诉我们海盗的老巢在哪里，我们正在追击那群家伙。"

"海盗吗？嗯，没问题。我愿意提供信息。"

这老头真好说话。看来他是迫不及待地想把我们打发走。

"海盗也分不少种。你们是在找袭击了某个商船队的海盗吗？这附近势力最大的就是比昂船长麾下的高地海盗团了。"

"我想想，应该算是绑架犯。古泉，他们是什么人？"

"还不清楚那伙人的真实身份。"古泉用带有几分探究的目光打量着老头，"总之是绑架了第五银河分离帝国的王子和公主的海盗。"

"没错，就是那群人。"

春日猛地指向屏幕：

"你知道去哪里找这群海盗吗？"

"这……"

顿时，老司令的脸就像吃了酸梅一样扭曲。虽然身居高位，但这老头实在是不擅长隐藏自己的情绪。

"不知道。以前从来没听说过。"

"骗人的吧？"

连我都骗不过，自然也骗不了春日。

"你满脸都写着'我知道'呢。老实交代，你为什么要装傻呢？"

别看春日笑得那么没心没肺，她的眼神里可是充满了各种深意。我必须再强调一下，这家伙的直觉可比磨过的日本刀的

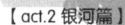

刀尖还要锐利。

"哈哈！我懂了。"

春日自信满满，脸上挂着胜利者一般的得意笑容。

"绑架犯就是你们吧？你们把海盗船伪装成军舰了。把其他国家的王子和公主拐走，到底有什么企图呢……啊，我知道了。是为了制造战争的借口？你们打算假借他国王子等人的旗号进攻第五什么的帝国，对吧？你们想演一出戏，假装王子已经投奔了你们，然后搞造反，是不是？"

春日那充满挑衅的眼神牢牢地锁定着那个可怜的老头。

"刚才听到各种银河帝国的时候我就有这种猜想了。毕竟，宇宙海盗这种说法实在是太模糊了。"

"呃……"

司令官开始汗流浃背。看来被春日说中了。

"真是走狗屎运了啊。没想到你们这支舰队就是我们要找的人！"

没想到真的猜中了，春日一脸的得意。如果这真是巧合，那我也只能感叹一句太厉害了。

"这下省事多了。"春日丝毫不觉得意外，"既然这样，那事情就好办了。快点把王子和公主交出来。我们要把他们送回亲人身边。"

"那可不行。"司令老头犹如一只困在捕鼠器里的老鼠，无计可施的他终于不装了，"既然你们知道这么多，那就没办法了。我不能就这么放你们走，更不可能交出王子和公主。在我们的作战行动结束之前，你们就老老实实地待着吧。"

承认完罪行，老头就从屏幕上消失了。

喂喂，该不会为了灭口把我们击沉吧？春日也是的，干吗这么傻，把心里想的一股脑全部说了出来。这种时候就应该装作不知道才对啊。我对我们接下来的境况充满了担忧。

"咦？"

伴随着哐的一声，分裂矩阵号猛地动了起来。事先声明，这可不是我在操纵，是它自己动起来的。这是怎么回事？

"是牵引光束。我们被那艘战舰拖曳过去了。他们应该是想把我们控制起来。"

古泉不急不忙地说出了答案。

果然，我们的飞船正向另一艘巨大且造型颇具未来感的宇宙飞船靠近，飞船底部的舱门正逐渐打开。

"那是旗舰。"古泉补充道，"看来，在战争开始之前，他们打算把我们一直关在里面。"

这种解说就免了吧。有没有什么办法？

"说不定这反而是个机会。"古泉用手指摸了摸嘴唇，"我们的目的是营救被绑架的两个人。他们应该被关在那支舰队的某个地方，这样一来，我们正好可以和他们一起行动。只是问题在于——"

古泉微微一笑，看向长门。

"王子和公主到底在哪艘舰上，这也不是什么大问题，调查一下应该就知道了。"

"……"

长门紧抿着嘴唇，默默注视着自己面前的控制台。

长门是这艘宇宙飞船的雷达员，但比起控制台上的仪器，我觉得长门的本体更适合进行探测。在奇幻世界里，长门扮演的是精灵盗贼，但宇宙才是长门的主场，也许她会有意想不到的表现。

【act.2 银河篇】

春日也难掩心中的兴奋,她好像已经迫不及待要开始行动。

"我还以为得到处去星球收集情报呢。"

春日不断地拔枪收枪,一边说道:

"没想到这么快就找到了,果然和我想的一样。嗯,我有个好主意。"

我大概知道她的作战计划是什么了。无论发生什么事,春日都想搞一场枪战。如果她打算这么做,那就意味着我也必须得跟着做……

相较之下,也许在RPG世界里慢慢做任务升级和通关魔王城反而会更轻松吧。

我倚靠在座位上,一边叹气,一边仰望着不断逼近的战舰的雄姿。

"感觉自己变成匹诺曹了。"

就这样,分裂矩阵号顺利进入了敌舰。这剧情真是想一出是一出,而且还是瞎猫撞到了死耗子,真是太离谱了。按理说,我们应该在宇宙中四处奔波收集线索,但春日从不喜欢那种慢吞吞的节奏,又选了这种速战速决的方式。算了,总比1级时就面对最终boss要好。

我估计各位已经猜到了,但还是提一下春日的计划吧——

"现在已经顺利进入了旗舰,接下来就简单了。我们直接冲到指挥室,然后迅速控制住局面。搞定那个老头,要求他释放王子和公主。就算没有他们,这群人依然可以开战,我们也能打枪战。"

如果真能这么简单就好了。

我们的宇宙飞船被软禁在一艘巨大的战舰里，我透过窗户观察起外面的情况。看起来这里是一个小型宇宙飞船的起降区，周围停着一排排像是航天飞机和接驳艇的东西，活脱脱一个带守卫的高级收费停车场。

和其他飞船不同的是，我们正被一群举着激光步枪（也或许是别的什么武器）的士兵（造型酷似科幻大片里的克隆兵）团团围住。

"喂，春日。"我对正准备拿着激光枪起身的春日说道，"如果我们就这么出去的话，会被扫成马蜂窝的。估计还没到那个老头跟前，就全身烧焦了。"

"怕什么，凭你的气魄，轻松避开不在话下。"

再重申一遍，我可没有那么灵活，没办法咻的一下躲开光速飞来的东西。

"是、是啊。"朝比奈学姐已经很久没说话了，她的声音颤抖着，继续说道，"太危险了。我们还是老老实实待在这里喝茶比较好……"

"不行。"

春日一口回绝了朝比奈学姐的宝贵提议。

"那样的话我就太无聊了。听好了，我们是正义的银河巡逻队，必须惩治坏人。区区绑架犯还敢监禁我们，决不能轻易放过他们。"

春日嘴上这么说，脸上却莫名写满了开心。这表情和台词对不上啊。她应该只是想大闹一场吧。

"有道理。大家先少安毋躁。"不知何时，古泉站到了长门身边，"长门同学正在帮我们查找王子和公主的位置。"

我看向长门，她正用手指在控制面板上缓缓滑动。我完全

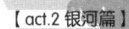

看不懂她的操作方式，但玻璃板似的平面显示屏上却高速滚动着细密的文字。过了一会儿——

"找到了。"长门小声说道。

她停下了手指，文字的滚动也随之停止。

"你在查什么？"春日问道。

"船员名单。"古泉回答，"我拜托长门同学入侵了这艘战舰的中枢计算机。长门同学真是厉害，轻而易举就办到了。"

古泉一脸的佩服，嘴角却挂着一丝苦涩的笑容。

"结果我们发现，大部分船员都有军籍，却还多出来两个人。于是我大胆作了假设，没想到他们竟然也在同一艘船上。"

古泉转过身来，看了看我和春日。

"王子和公主就被软禁在这艘船上。也许因为他们是王族，享受的是贵宾待遇。他们似乎被安排在相当不错的房间里。"

这又是巧合吗？不，只是那个舰队司令老糊涂了吧。正常情况下，谁会把他们和我们放在同一艘船上？

我正感到无奈时，长门似乎做了什么，屏幕上出现了一幅战舰的断面图。

这是一张有些复古感觉的线框CG（**注：Computer Graphics，计算机图形学**）图，其中一个区域正在不停闪烁。

"这里就是王子和公主所在的船舱。"

闪烁的地方又多了一个。

"我们现在的位置是这里，最下面的机库。比起去指挥室，去公主和王子的船舱要近得多。我们怎么做？"

"我想想……"春日思考了一会儿问道，"是直接把那两个人带走，还是控制整艘船呢？"

我觉得难度都差不多。

虽然你时不时会忘记，但我真的不像你那样能经得起各种折腾。就算我能击退那些守在分裂矩阵号周围的士兵，我还得去救王子和公主，然后再回到这里。如果选择控制整艘船，对方见我们只有区区五个人，肯定不会轻易投降。这真是个两难的选择。

"那么，就走第三条路吧。"古泉露出了像军师一样的笑容，"既然我们已经成功入侵了这里的系统，当然要好好地物尽其用一下。"

还好我们有个什么都会的长门。但这艘船的网络安全是不是有点太随意了，这里不应该是遥远的未来吗？怎么连"计算机"这种词还在用啊？这真的很难评。话说回来，我们到底又在说什么语言啊？算了，想这些也没用。

古泉一脸无辜地笑着：

"这支舰队是专门侵略其他国家的突击部队。他们平时一定非常谨慎，不会让别人发现他们。常用的手段估计有屏蔽电磁波和通信等等。既然如此，我们想办法让他们被发现就好了。"

古泉一只手指向了自己座位上的宇宙地图。

"幸运的是，我们离目的地第五银河分离帝国非常近。如果我们大闹一场，他们肯定会立刻注意到我们这里的动静。突击失败的部队通常会很脆弱，舰内也会陷入混乱。这样一来，趁机夺回王子和公主也许会更容易。"

"那就这么干。"春日就像一个听信了奸佞谗言的无能将军，再把所有的坏事丢给别人做，"有希，交给你了。"

长门轻轻点了点头，开始操作一个系统完全未知的控制台，小声说道："全舰，启动ECM（**注：Electronic Countermeasures，电子对抗**）。"

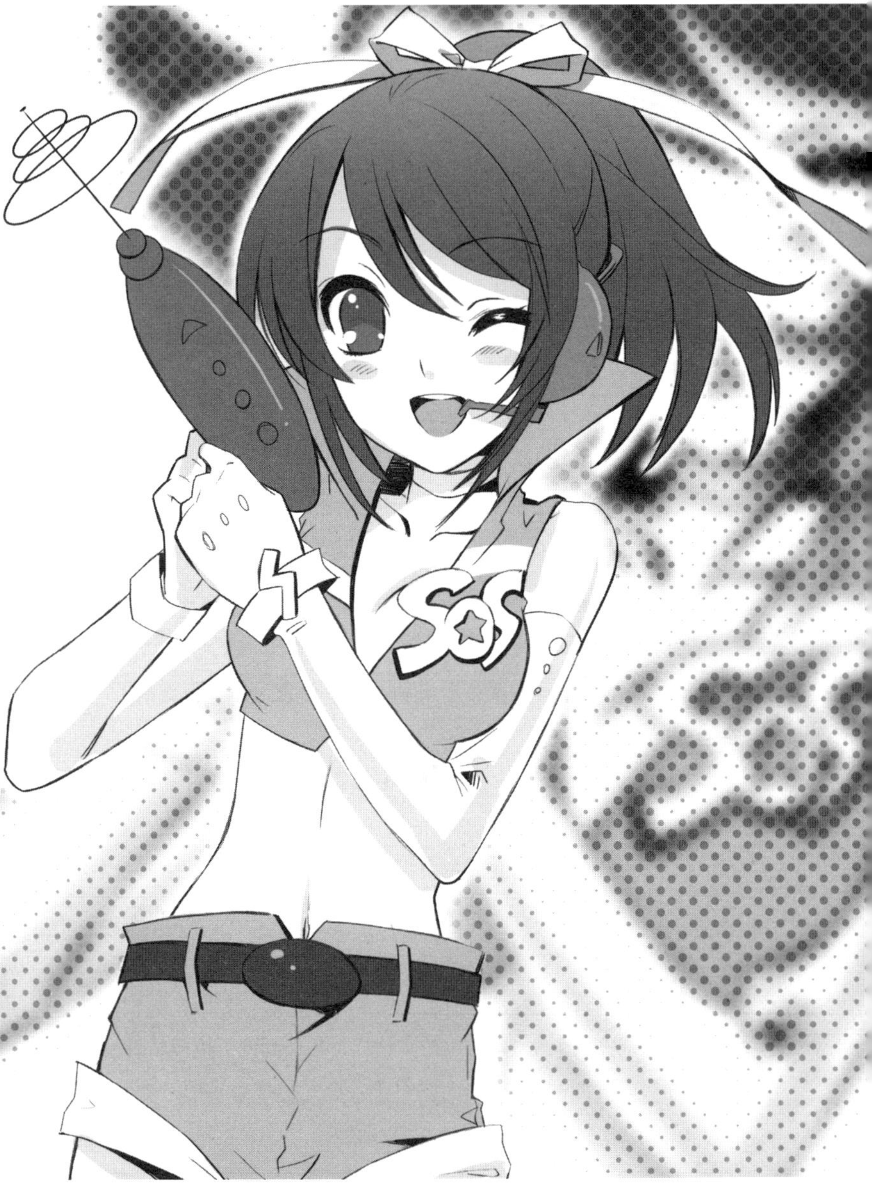
SOS

瞬间，数以万计的舰船同时发出干扰信号，虽然没有真正的干扰设备，但它们的信号冲击力依然达到了惊人的效果。

随着一阵沉闷的震动声，驾驶舱也开始晃动起来。

"动静真大啊。"

我一边感叹，一边环顾整个机库——

不知安装在何处的红色警示灯照亮了停放着的各种小型飞船，一级战备状态的警报也响了起来。

哎呀，又晃了，看来是被击中了。

我们搭乘的分裂矩阵号所在的这艘旗舰，连同其麾下的新正统帝国舰队，正在和接收到长门发出的电波后紧急赶来的第五银河分离帝国的巡逻舰队激战——情况就是这样。

长门将从舰队的通信线路中窃取的信息告知我们——

"确认增援。战况五五开。"

长门淡定地看着如瀑布般滚动的文字信息，春日则抱起了胳膊：

"很好，机会来了。卫兵们都不见踪影了，趁着混乱我们赶紧行动。"

我来说一下机库这会儿的情况——原本包围着分裂矩阵号的士兵们全部慌忙逃窜，整修员模样的人也在到处东奔西跑。时不我待，这可是个千载难逢的机会。能不能顺利通关，全看这次了。

"好好记住到王子他们房间的路线。"春日挺直了腰板站着，她盯着屏幕上的舰内线框断面图看了一会儿，接着掏出了激光枪，"好了，出发吧。"

【act.2 银河篇】

我本想静静待着，看来是不能如愿了。我们各自拔出激光枪（就没有更酷的叫法吗？比如"爆能枪"），在春日的带领下，从宇宙船的气闸跳进了机库。

"哎呀。"

古泉扶住了落地时险些跌倒的朝比奈学姐。这位可爱又迷人的少女在跳下时把爆能枪（还是叫这个名字更酷）弄掉了，一旁的春日顺手捡了起来。

"各位，把枪的射击模式调成麻痹模式，就是转到有字母P（paralyze）的位置。虽然他们是绑架犯，但万一误伤了不是海盗的家伙，晚上可是会睡不安稳的。"

这家伙怎么懂得用枪？而且这样一来，我取的爆能枪这个名字就毫无意义了，现在只能再次改名成麻痹枪了。

"快，这边！"春日把P枪递给朝比奈学姐。

确认全员听清命令之后，春日跑了起来。她飘扬的头发和那快如闪电的步伐让人忘记了这里是宇宙。我们真的在宇宙战舰里吗？我感觉我们不过置身于一个巨大的布景道具里罢了，而且这个道具假到让人怀疑其实人类至今仍未成功登月。不过都到了这个节骨眼，谁还管得了那么多。现在最重要的事就是一路向前冲。毕竟，春日就是这么打算的。

我们五个人朝着进入舰内的大门跑去，剩下的卫兵将激光步枪对准我们，春日毫不留情地拿起P枪快速扫射，被麻痹光线击中的卫兵纷纷倒下。我们跨过他们的身体，一路向着被囚禁的王子和公主的所在地飞奔——

终于到了。

长门比春日发挥了更大的作用，多亏了她的记忆力和方向感，我们在迷宫般的舰内一路穿梭，又是爬楼梯，又是坐电梯，每到一个拐角都会和士兵展开激烈的枪战，再一一把他们击倒，最后终于来到了一间我不太清楚位置的船舱前。

"退后！"

春日一声令下，她将激光枪调至热能模式，对准金属门开火。门被切成了两半，门后出现了两个人影。

面对这样的情形，两人惊呆了，这倒也无可非议。但这对男女似乎没什么灵魂，只是一言不发地看着我们。

春日风风火火地走上前说道：

"你们就是银河什么帝国的王子和公主吗？放心，现在就救你们出去。"

虽说是王子和公主，但他们看起来一点也不像贵族，倒像是街上随处可见的青年男女。他们穿的衣服倒是略有些科幻感，但看起来也只是普通人的打扮。

他们一脸呆滞，没有丝毫威严，这两个人真的是王子和公主吗？

春日对我的疑问完全置之不理，她一把抓住两人的胳膊说道："走了。收队！赶紧回到分裂矩阵号里，然后打破这艘旗舰的舱门离开这里。我们的任务完成了。"

春日不由分说地拽着两人冲向了走廊，我们当然也得紧跟其后。

即使舰内已经成了战斗模式，但不可能所有人都有各自明确的分工，时不时出现的杂鱼小兵都被长门的精准射击打中，麻痹之后倒在地上。

我们沿着来时的路线顺利返回了巡逻艇。整个过程里朝比

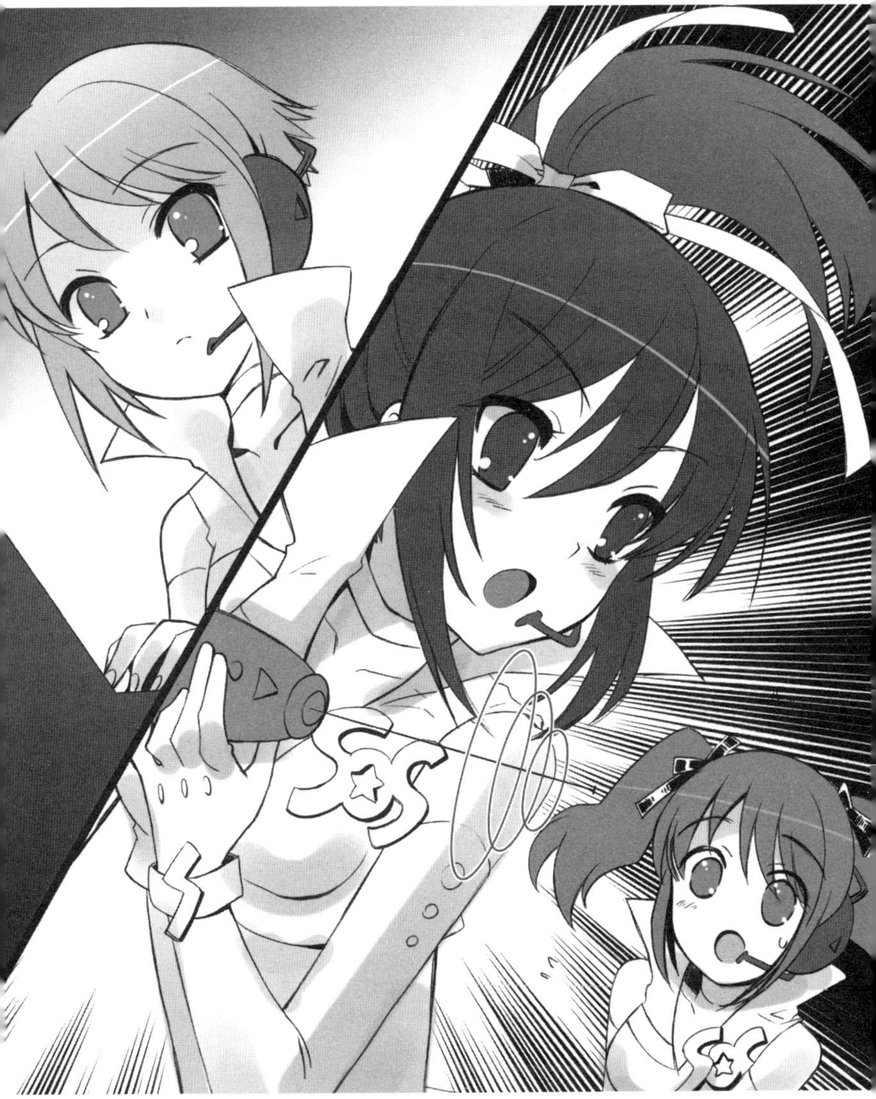

奈学姐就只是个单纯的跟班，这样的任务分配完全不合理，她本来就不适合这种实战，还不如做飞船上的医生。

"阿虚，出发了。"

回到舰内的春日让王子和公主站在队长席旁边，自己则利索地坐了下来。

"全炮门开启，目标，正前方墙壁！"

"明白。"

古泉从副操纵员摇身一变成为狙击手，熟练地进行着瞄准。

"开火！"

随着春日一声令下，古泉扣下了扳机。

分裂矩阵号的前端发射出类似荷电粒子炮和光子鱼雷一样的东西，绚丽的火花四处溅射，将战舰的外壁轰得支离破碎。汹涌的气流撕扯着，形成了一道巨大的裂缝。浩瀚而深远的宇宙出现在我们眼前，那些闪烁的光点不是星星，而是远处的宇宙船爆炸时的残影。这样的场景我只在电影里看过，此时却无暇欣赏。坐在操纵席上的我必须按照春日的指示，集中精力驾驶分裂矩阵号快速驶离这艘旗舰。

分裂矩阵号犹如一尾小鱼，穿梭于阵型杂乱的宇宙船之间。两军激烈对峙，毫不留情地相互轰击，彩色激光四射，没有一丝真实感，看了叫人胆寒。我只能凭直觉和脊髓反射操控飞行杆，将飞船驶向混乱的宇宙。

"实玖瑠，打开联系友方的通信。"

春日气势威严地下达指示，而朝比奈学姐的一通操作简直如行云流水般丝滑。就像我能操控宇宙船一样，她也知道如何处理通信。虽然听起来很离谱，但越离谱的事情在这里反而越是常态。

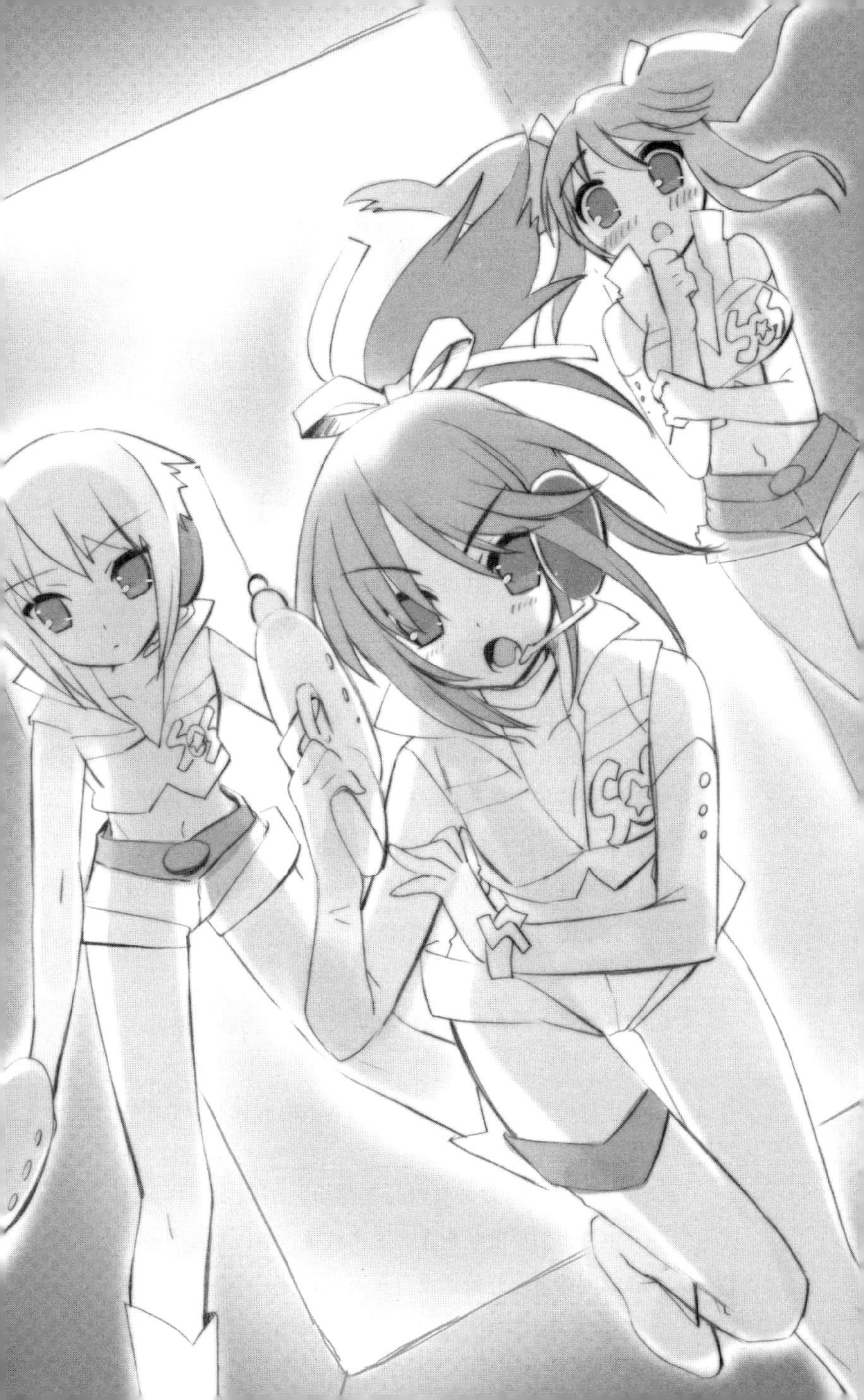

"听得见吗？广域银河观测机构巡逻部队下属春日小队。"

扬声器中传来一个浑厚的大叔嗓音，听起来有些似曾相识，让我想到那个"方块老K"。

"这里是第五银河分离帝国，朕是皇帝。"

"我们把你的两个孩子救出来了。"春日显得十分得意，"这样就行了吧？"

"感谢你们。我会如约给你们奖励。不过我现在正忙着负责作战指挥。请你们先把他们安置在安全的地方，稍后我再派人去接他们。"

通信一下子中断了。这也太冷静果决了吧？虽然我也并不想看到你痛哭流涕地感谢我们。

"这下应该可以结束了吧？"我转向古泉。

不对，和这家伙说也没用。我又看向长门。

"……"

坐在雷达员位置上的长门突然站起身，朝着站在队长席旁的王子和公主走去。怎么回事？两人毫无反应。

长门用她那好似深海般平静的眼睛看着两人，接着她伸出手，用指尖碰了碰王子和公主的身体。

"啊？"我愣住了。

长门刚一触碰，两人便嘎吱一声断成两截，横躺在地上。

"机器人。"

长门小声说道，低头看着地上的两人。他们犹如关节零件坏掉的素体人偶。

"这下麻烦了，"古泉苦笑着耸了耸肩，"看来我们找到的是假货呢。也许他们早就料想会有人来救援，所以特意准备了替身，或者那艘船上一开始就没有真人，只有一些伪造的机器人……看来我们搞砸了。当我们得知这两个人和我们同在一艘船上的时候就应该警惕的。现在想来,我们确实是太过大意了。"

"那他们人呢?"春日问道。

古泉看向屏幕:

"如果这两个人被进攻舰队带走了,又不在旗舰上,那么可以推测他们在另外的舰艇上。具体是哪一艘,就不得而知了。"

彩色的激光在星空中交织,又一团爆炸的火光照亮了整个战场。宇宙舰队的战斗每秒钟都在升温,双方损失惨重,形势相当不妙。

无能为力的我们只能眼睁睁看着一艘艘战舰被击沉。

"所以呢?"我低沉着声音自言自语道,"也就是说,我们委托人一方的战舰正在毫不知情的情况下攻击着敌舰,而王子和公主很有可能就在那些敌舰里?"

"看来确实如此。"

古泉认真地点了点头。

"我们最好赶紧把这两人是冒牌货的消息上报给他们。"

"那就赶紧行动吧,要是说晚了可就麻烦了。"

"不,也许这只是我的直觉,但我觉得我们已经晚了。"

我也这么觉得。其他人一定也深有同感。

因为——

眼前的景象开始崩塌,宽屏的画面逐渐模糊,宇宙犹如一张黑纸,上面被戳了无数个小洞,透出光亮。最终,宇宙如同一块被撕裂的舞台背景,在我们眼前轰然坍塌。

我甚至来不及问这是怎么回事,就听见长门在耳边说:

"任务未完成。"

不用问了。又是这句话。

"哎……"

又来了啊。看来我们又失败了。真正的王子和公主所在的舰艇已经被他们自己人击沉，两人也化作了浩瀚宇宙中的一粒尘埃。拜托了，你安息吧。

"惩罚。"

长门的这句"补刀"让我更扎心了。我叹了口气。

第二次看见夸张的场景切换，我的心中已经毫无波澜。广袤的夜空渐渐变亮，让我突然联想到"全景"这个词。

"……"

我和长门、古泉、朝比奈学姐默默无言。

最初是奇幻世界，再是太空歌剧，接下来的第三次是——

干燥的风拍打着我的脸颊，沙尘裹着我脚上的靴子。靴子？确实是靴子。不仅如此，我感觉我正踩在一片干旱的大地上。

我抬起头，映入眼帘的是充满怀旧风格的建筑和碧蓝如洗的天空。

"……"

所有人都陷入了沉默。

我们戴着一种高顶宽边的呢帽，我想想，该怎么形容呢？总而言之，我们五个人一身西部风格的打扮，站在一条未经铺装的马车道上。

"哎哎哎。"我只能如此感叹。

我们枪套里的枪从激光枪变成了单动式左轮手枪。我和古泉穿着复古的衬衫和吊带裤，胸前佩戴着一枚警长勋章。春日和朝比奈学姐则是一身性感的牛仔风格打扮。至于长门，她完全是一副流浪枪手的模样。

这么说的话，这次是……

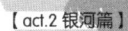

"好了，各位。"

春日面带微笑地宣布。

"出发吧。去救出被通缉犯们绑架的牧场主的儿子儿媳吧。我们就是打击那些凶狠的亡命之徒的治安官及其手下。"

看来情节就这么定下来了。

我们的西部剧场，名副其实的"剧场"——就这样拉开了帷幕。

虽然不知道应该找谁抱怨，但我还是忍不住要问：

"到底要折腾到什么时候？"

"一直到我们完成任务吧。"古泉饶有兴致地摆弄着那把很像"和平缔造者（Peace Maker）"的老式手枪，"或者是等到那个把我们弄到这个地方的人厌倦的时候。"

古泉转动着手枪，把它放回到枪套里。他对长门投去一抹微笑，说道：

"我不觉得这种情况会一直持续下去。现在，我们不如尽情享受这场角色扮演。这可是一种很难得的经历。"

目瞪口呆的朝比奈学姐"啊哇哇"地叫着，春日一把抓起她的胳膊，满面春风地笑着看向我们——

"首先，我们得搞到马。在这种荒野里徒步的话可吃不消。我们先去找家酒馆吧。"

如同置身于主题为19世纪北美的舞台布景中，SOS团踏上了一条主街。

向着无尽的荒野进发——

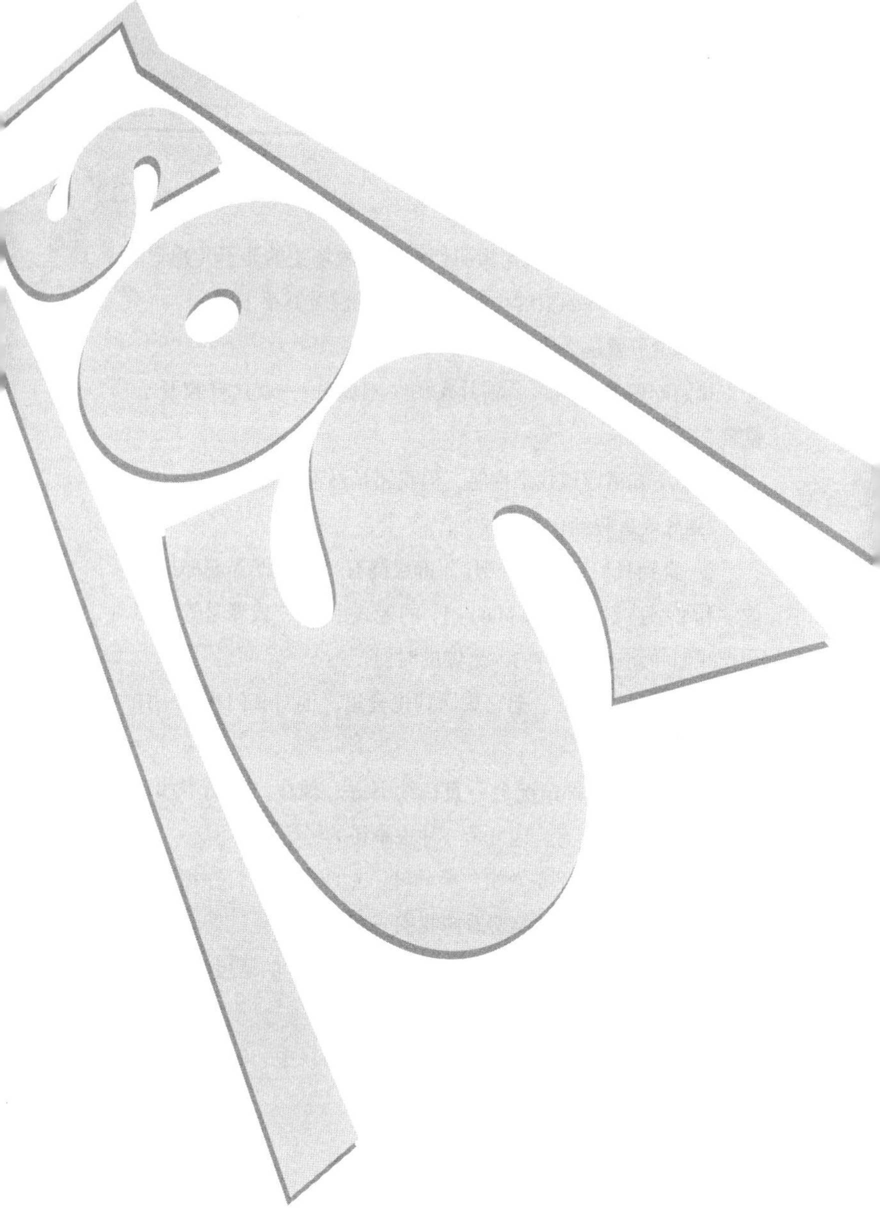
SOS

SOS act.3 环球旅行篇

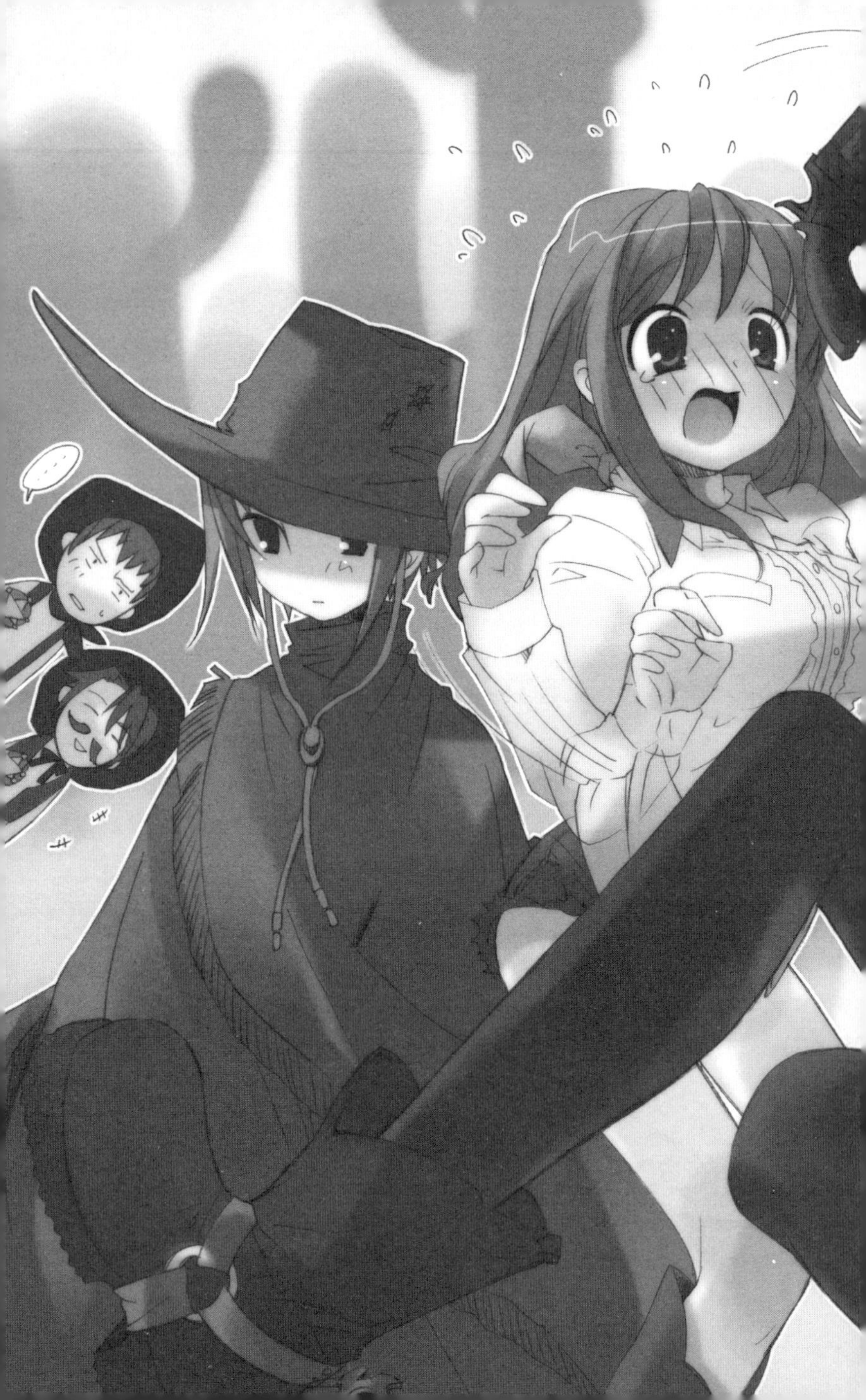

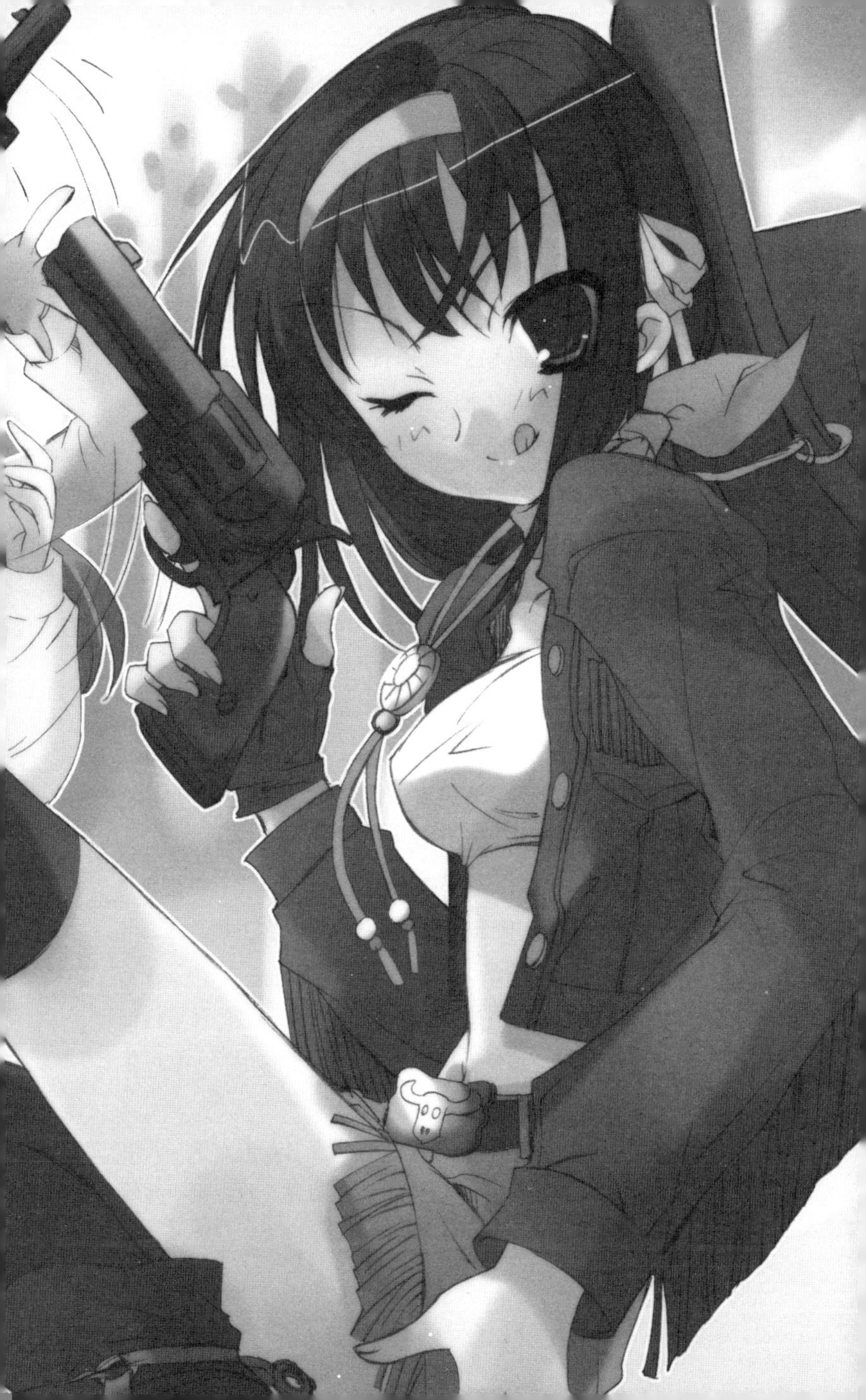

尘土飞扬的泥泞小道笔直地延伸到远处。

主街道两旁,各种木造的商铺和酒馆长长地连成一排。

在这条布满车辙和马蹄印痕迹的土路上,两个人正面对面地站在耀眼的阳光下。

他们相隔约十米,彼此的杀气在空中盘旋,仿佛下一秒就会有闪电炸裂。

左右商铺里看热闹的人像鸡场中的鸡一样,纷纷从窗户里探出头来,生怕错过这场世纪决斗。突然,风扬起尘土,一个超大号的"毛球"滚了过来。这玩意儿叫什么啊?

"风滚草。"

身后传来长门的声音。我没有回头,我更关注眼前的状况。

站在道路中央的两人保持着一定距离,彼此以眼神对峙。你猜对了,其中一个人就是SOS团的团长——凉宫春日。

她戴着一顶宽檐帽,身穿白色抹胸、牛仔夹克和带流苏的热裤,看起来像是在COS一名另类的牛仔。其实不然,春日可是一个不折不扣的女牛仔。

这位女牛仔干的可不是驯牛牧羊的活,她的腰间挂着枪带和枪套,里面装着一把科尔特生产的"和平缔造者",它可是美国西部开拓时代最富传奇的转轮枪。

在这里,春日是个响当当的枪手,还是神秘的女子三人组"SOS团"的头号赏金猎人。有意思的是,在这个世界里,即使听见组织的名字里有一个"团"字也不会感到突兀。这还是我第一次有这种感觉。

【act.3 环球旅行篇】

我四下打量,这里的一切都和电视上的深夜B级西部片一模一样,我不禁叹了口气。

如果要给现在的局面取个标题,我会取"烈日下的决斗"或是"SOS团流浪记"。

总之,两大对立势力决定派出代表进行决斗,以此来解决纷争,这就是现在的情形。

春日的对手长着一张和所有反派角色都差不多的脸,再加上那老掉牙的挑衅台词,实在是太没特色了。所以,尽管有人提过他的名字,但我根本记不住。总之,他是个干尽了坏事的在逃通缉犯,现在是个为敌方组织卖命、爱穿一身黑的流浪保镖——你可以根据我的描述想象一下他的长相,我敢肯定你会猜得八九不离十。

决斗规则如下——

两人站在相隔十米的位置。

以准备拔枪的姿势待命。

镇长将一枚十美分的硬币弹向空中。

以硬币落地的声音作为开始的信号。

先击败对手的一方获胜。

快枪决斗的规则十分简单明了。担任裁判的镇长是个十分眼熟的白胡子老头,敌人的小喽啰们也露出一脸耐人寻味的笑容。这种过于直白的暗示反而让人觉得荒诞可笑,甚至冲淡了紧张感。算了,眼前的状况还是挺刺激的。

春日和悬赏通缉犯所在的大街已经被封锁,马车和买东西的人都被拦在了外面,防流弹的措施做得非常充分。

当然,我们也站在街两边的木板路上。对面是一群反派角色,他们一边低声窃窃私语,一边时不时地抽出枪来回摆弄,摆出一副示威的架势。

我转过身去，首先映入眼帘的是朝比奈学姐。她穿着白色棉质衬衫和小号热裤，姣好的身材一览无余。锃亮的鹿皮西部靴和鲜艳的围巾又为她增添了几分高雅的味道。这位唯一比我们大的娇小学姐此刻正双手交叉，一脸担忧地看着站着的春日。

长门则依旧面无表情地看着前方。她戴着一顶颜色朴素的宽檐帽，身穿一件形似斗篷的披肩，装扮上很有墨西哥风格。长门看起来就像一个冷酷的独行赏金猎人。论射击的精准度，她恐怕是宇宙第一。

古泉站在她身旁，一边摸着下巴，一边观察局势。他穿着和我一样的衣服。

你可以回想一下你看过的西部题材作品，无论是电影、漫画或是动画片都行，我们就是在那些作品中登场的治安官。我并不是懒得解释，而是这个形象太深入人心。顺便一提，我和古泉是副治安官。

虽然大家还是在一起行动，但这次所谓的"SOS团"是个纯粹由女性组成的赏金猎人团体，我和古泉则因为某种原因和她们的目的地一致，于是被卷入了由春日掀起的，与美国西部拓荒时代有着相似背景的荒诞冒险故事中。

老镇长清了清嗓子说道：

"差不多可以开始了吗？"

我总觉得他是在对我说话，于是我轻轻点头，看向春日。她轻轻地挥了挥手说道：

"随时都可以。"

她的态度轻松得不行，完全不像是要面对生死考验的样子。

镇长的保镖也应了一声，接着，原本站在两人中间的镇长慢慢退到街边的木板路上，摆好姿势。

他抬起手臂，握紧拳头，十美分的硬币在他的大拇指指甲上闪闪发光。镇长深吸一口气，神情庄重地说道：

"比试开始——"

随着一声清脆的声音，硬币飞向空中。

顷刻间，我觉得周围的一切都变成了慢动作。春日和保镖的手伸向腰间，围观者的脸上夹杂着恐惧、期待和好奇，干草在风中飞舞，甚至连旋转硬币的正反面都能看得一清二楚……时间仿佛停滞了一般。

我突然觉得有必要解释一下前因后果。别担心，只是一件小事，在硬币落地前就能说完——

我们原本在银河里风驰电掣，结果突然之间被传送到了19世纪下半叶的北美洲西部地区。于是，我们决定先去附近的小镇转转。

我们到达了小镇上的治安官办公室，并且收到了一封电报。我不得不对这个神秘人物的工作效率感到钦佩。电报的内容和春日大脑中接收到的基本一致，总结一下就是：这附近有一座小镇，骑马的话半天就能到。那里的牧场主和农场主为争夺土地发生了血腥冲突，四处都是枪战。时逢动荡不安的战争年代，美国西部也正处于世纪末的混乱中。为了拯救这混乱的世界，请立即派遣援军。目前，牧场方有人被掳作人质，完全处于不利的局面。

这封电报已经明显表明了立场。我真的强烈希望对方能雇一个靠谱的历史考证员。就在我对这段文字略感头疼时，第二封电报又及时送达，上面写着：古泉一树和阿虚两位副治安官，请与"SOS团"的三位赏金猎人女孩合作，平息事态。

为什么要在赏金猎人的后面再加一个"女孩"啊，这个称谓真是让人哭笑不得。话说回来，虽然我和古泉都没有骑过马，但我们必须准备一匹马才能出发。就在我和古泉彼此对视的时候，她们三个人已经不知所终了。

"这个我拿走了。"

她们只留了下这句话，桌上的通缉令也不见了。

几分钟后，从小镇的某个地方传来一阵阵枪声。我和古泉两个副治安官匆忙赶到，却发现酒馆的一楼正上演着一场激烈的枪战。

这群上了通缉名单的列车强盗竟然大白天就开始喝酒作乐了。虽然他们都是一群凶神恶煞的老男人，但在春日面前，他们的年龄和性别完全没有区别，不过都是柯尔特SAA的0.45口径子弹下的猎物罢了。

刺耳的枪声在耳边回荡，烟雾弥漫，桌子被踢翻，地上到处是被撞碎的酒瓶。这一切就像西部片中的某个片段，还是那种一看就很假的枪战戏。我和古泉只能耸耸肩，看着眼前这荒诞的一幕。

春日的每一发子弹都正中敌人的要害，通缉犯们倒了一地。

"放心吧，都是空包弹。"

的确，他们只是失去了战斗力，并没有丧命，甚至连一点儿伤都没有。长门的射击精准无比，将敌人的枪一一打飞。朝比奈学姐从枪套里猛地抽出枪，枪像沙包一样在空中旋转，结果不小心走火，因冲击而飞出的手枪恰巧击中了一个恶棍的脸，他当场晕了过去……总之，列车强盗团无一人丧命，他们只不

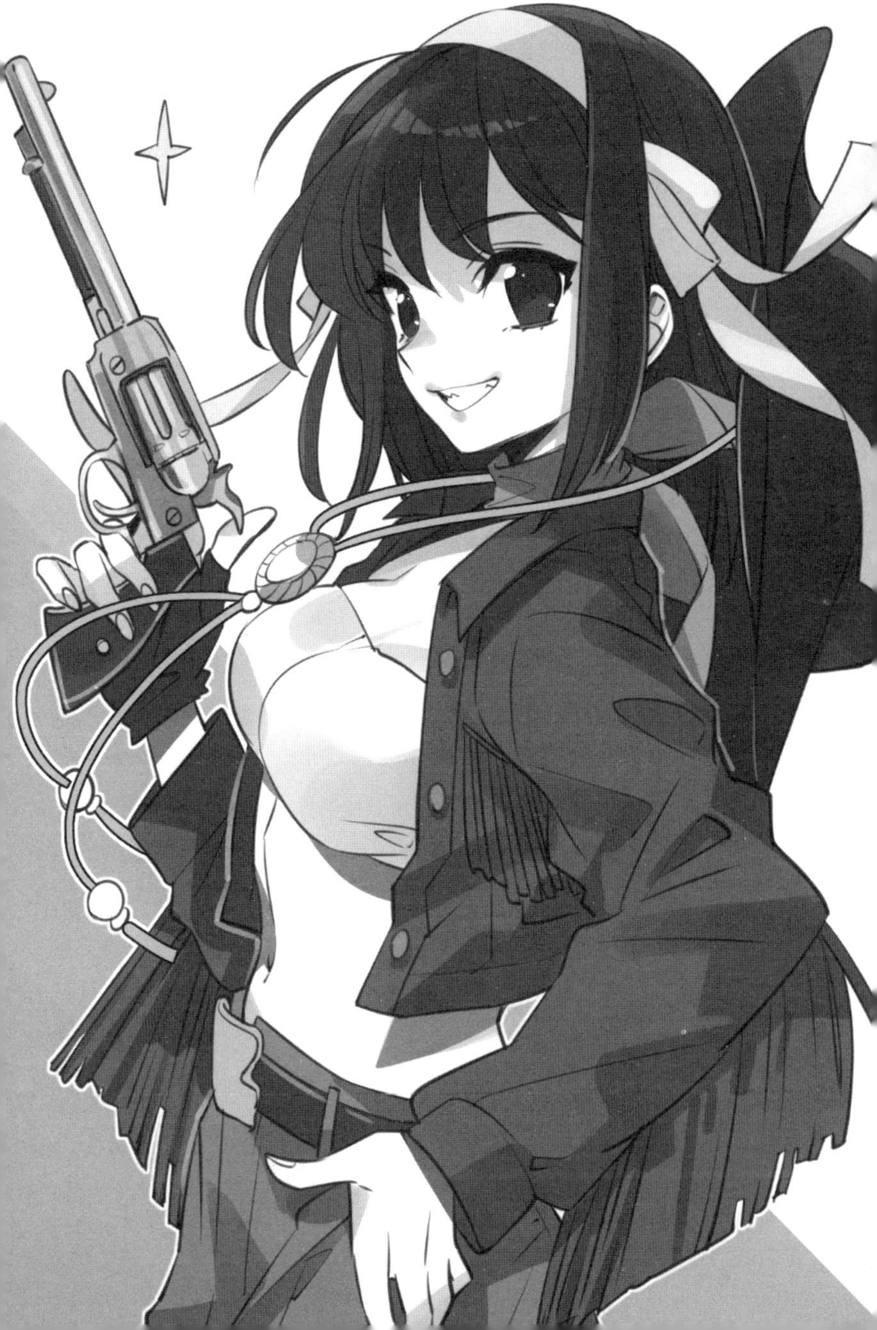

过和满是烟味的地板来了次亲密接触。

春日领着长门和朝比奈学姐走到吧台前,对着躲在吧台底下双手抱头的酒保点了三杯牛奶。她在高脚凳上坐下来,把通缉令放在了桌子上。

别说是牛奶了,光是春日她们今天一天得到的赏金就足以买下整座牧场。但这完全是她们的功劳,我和古泉只不过是将那些倒在地上的通缉犯轻松地绑了起来而已。再说,这场枪战显然只是个小插曲,我们应该尽快去电报上提到的那个动荡不安的,叫什么墓碑镇的地方。

那些通缉犯上了去拘留所的马车。我提着装满赏金的包走出治安官办公室,古泉不知道从哪里搞来了五匹马。

"这些马在酒馆后面拴着,应该是列车强盗团的。"

一切准备妥当,强行展开。

"可以出发了。"

我推开门催促,只见春日她们三个人又点了一份像是香辣肉酱的东西,悠哉地吃着。

"等我们吃完再走吧?哦,对了,你来付钱啊,阿虚。"

我从包里掏出一沓钞票扔给了店主,不仅付饭钱,还有补偿枪战带给店家的损失。

"不用找了。"

这是一句我一直很想说的台词。反正也不是我自己的钱,大方一点也无妨。

三个人悠闲地吃完了饭,我们五个人终于骑上马,向任务里提到的小镇进发。我从来没有学过骑马,这会儿骑起马来却像骑自行车一样自如。不过,我早就对这些怪事习以为常了。

话说回来,我们骑着马,要多久才能到下一座小镇?天黑之前能到吗？放眼望去，四周空荡荡的，我甚至没有看过地图。现在几点了？我抬起头，橘红色的太阳已经西斜，看来现在是傍晚了，过不了多久应该就会天黑。

然而，三十分钟过去了，太阳依旧高挂在天空，没有一点要下山的意思，仿佛是在等待着什么。等什么呢？就是你猜的那个。

更离谱的是，四周的风景突然开始加速变化。我们明明是让马慢慢行走的，体感速度却像是在赛马比赛时进行最后一圈的冲刺一样。

时间一分一秒地过去，我们体内的生物钟也开始逐渐失常。大约走了一个小时之后，下一座小镇总算出现在我们的视野中。

年迈的镇长等在入口处，他显然等得有些不耐烦了。

而头上的太阳似乎也感同身受，我们刚一抵达这座镇子，它便犹如加速了一般，迅速地坠向地平线。黄昏骤然而至，夺目的橘色阳光投下长长的影子。我们下了马，迎向老镇长。

老镇长穿着法兰绒衬衫和黑色夹克，头戴一顶德比帽。这张脸我们已经见过好几次了，就是那个白胡子、白眉毛又满脸皱纹的老爷子。他一会儿要演森林贤者，一会儿又要演银河帝国的舰队司令，难怪现在一副愁眉苦脸的表情。

"你们怎么这么慢，我在这里等得脚都快麻了。你们倒是体谅体谅我啊。"

要抱怨就和那个把握不好剧情节奏的剧本家抱怨啊！

"你们这些人全程都像是在即兴发挥一样。"

毕竟你们选了春日做主角。要怪就怪选角的人吧。

"算了，说正事吧。"

镇长刚一说完，我们就已经围坐在餐桌旁了。

看样子，我们换地方的那一段被省略，直接快进到了这间房间。真够方便的啊。

"这是我家。"镇长说道，"时间紧迫，我们边吃晚餐边聊。"

晚餐的主菜是某种红肉的肉排，味道十分陌生，可能是野牛肉。其他还有蜂蜜薄煎饼、玉米面包、食材不明的炖菜，还有像苹果派一样的甜点。长门安静地吃着，朝比奈学姐每咬一口都露出或惊喜或痛苦的表情。

我看着她们，镇长则继续说道："这里最开始是个十分荒僻的地方，只有一大片草地，唯一的经济活动就是畜牧业。这座小镇可以说是随着牧畜一起发展起来的。"

扯太远了吧。不是说时间紧迫吗？

"就像阿虚说的那样。"春日一边切着三分熟的野牛排一边问道，"那我们需要做什么？不是说有人被掳走了吗？我们要去解救他们吗？"

镇长先是瞥了我一眼，接着看向春日，再瞟了瞟正优雅吃饭的古泉和长门，最后看见朝比奈学姐对美食充满了感动，他的嘴角露出了一丝微笑。他放下刀叉，双手交叉在餐桌上。

"我想请你们中的某个人去参加决斗。"

老镇长一脸严肃，慢慢打开了话匣子——

许多年前，一个精明的实业家盯上了这片宁静的牧场地区。这个实业家在美国各地经营农场，靠着些许不光彩的手段和强悍的手腕积累了巨额财富，成了身价不菲的暴发户。

他宣称自己拥有这一带的土地权，并和许多小农一起加入农地开垦。起初他们还能和平共处，但农场不断扩张，逐渐侵入牧场的地域，土地争夺战也就此打响。

牧场方主张他们的土地使用权，要求停止农场的扩张，而农场主则拿出一份来源不明的土地证，声称他们可以随意处理自己的土地，并强行开始对绿地翻耕。谈判很快升级为口角，口角升级为骂战，最终演变成了暴力冲突，事态在短时间内迅速恶化。

于是，这座小镇分裂为传统的牧场区和新兴的农场区，曾经的牧歌氛围已随风而逝，镇子上的每个地方都陷入了混乱。

最初，农场方从外面请来了一帮粗暴的保镖。这帮以南托卡顿兄弟为首的人让牧场方感受到了巨大的威胁，于是牧场方也开始雇用擅长使用枪械的牛仔团体。这无疑是火上浇油。两方势力共处于同一座镇子上，他们把开枪看成比呼吸还要寻常的事，整座小镇沦为炮火连天的战场。

由于镇上的警长已被农场主买通，治安组织形同虚设，镇长的权力在枪炮面前显得微不足道。病床上只有伤者时还能勉强应对，但当街上的尸体堆积如山时，局势迅速失控。镇上的殡仪馆陷入棺材短缺的困境，牧师们还未能记住上一位死者的姓名，便不得不急匆匆地准备下一场葬礼。

为了打破这死伤累累的僵局，牧场方采取了下一步行动。他们新雇用了一支能力不凡的赏金猎人团队，领头的是霍尼亚特·哈普兄弟和他的手下。起初，他们在枪战中取得了一些优势。可好景不长，牧场方又遭遇了新的麻烦——一个老牌牧场主的儿子和儿媳被绑架了。

牧场方收到警告，必须让霍尼亚特一派退出这场争斗，否则两人就会有生命之忧。牧场方气得咬牙切齿，却不敢轻举妄动。与此同时，舆论开始向牧场一方倾斜。无论在哪个时代、哪个地方，使用卑劣手段赢得优势的人都会遭到唾弃。于是，无论是酒馆、肉铺、杂货店，还是医院、银行，农场方的人渐渐受到排挤。即便他们愤怒地举枪威胁，声誉却一路下滑。不过，牧场方依旧不敢贸然出手。

局势再次僵持不下时，镇长终于发挥了他的行政才干——

"这样互相对峙下去根本无助于问题的解决。只有一方被完全消灭，枪战才会停止。我们不能眼睁睁看着毁灭之日已经进入倒计时还无动于衷。干脆来一场一对一的快枪决斗，彻底解决这场争端吧！"

两个集团心有不甘地同意了镇长的提议。毕竟，双方都不想再看见更多的人员伤亡了。

"如果农场方赢了，我们就允许他们建个更大的农场。如果牧场方赢了，那就禁止农场再扩张。另外，未经批准就耕作的农地也必须恢复成原来的草地。还有，无论哪方赢都必须立即释放人质。"

不过，手握人质的农场方向对方提出了条件：牧场方不能从雇用的霍尼亚特一派中选代表，否则牧场主的儿子儿媳就会没命，而这场争斗也必将分出个你死我活。时间拖得越久，对资金雄厚的实业家就越有利。牧场方面无奈接受了条件，并委派镇长选出代表。

"所以被选中的人——"

春日放下叉子。

"就是我们啦。"她一脸得意地说道，"交给我吧，我最擅长比试了。说实话，我从来没输过。所以，不选那什么霍尼亚特兄弟而选我是最明智的，我一定会让对面的人后悔的。"

春日想都没想就决定自己上了。也行吧。虽然让长门去可能会更保险些，但越是在这种场合，春日越会冲在前面。想让她退缩？就算上课时做梦也梦不到这样的事。

【act.3 环球旅行篇】

春日从容地端起咖啡杯。

"那么决斗是什么时候?在荒野上进行吗?还是在牧场?"

"明天中午。地点是这座小镇的主路上唯一的那家酒馆。"

听完镇长的回答,春日气定神闲地点了点头,端起咖啡一饮而尽。她接着说道:

"对了,这座镇上有旅馆吗?最好是带浴缸的。"

"恐怕没有浴缸。不过,我可以安排带淋浴的地方。其实,这座镇上也只有一家旅馆。"

"那里的淋浴有热水吗?"

"唔,应该有吧?"镇长的表情很像是在说"我哪记得这些小事"。

他很快改口:

"不,会有的。嗯,肯定有!刚有的!浴缸也可以有。"

镇长仿佛接收到了某种神秘信号一般斩钉截铁。

坐在我旁边的古泉从喉咙里发出憋笑的声音。我一看,他正用餐巾擦嘴,显然是想掩饰脸上的笑意。我明白他想说什么。

我转向镇长:

"您这个地方可真是随心所欲啊。"

镇长故意干咳了几声,随后高声说道:

"说明到此为止!祝诸位好运!"

说完,他站起身。随即,场景再次进行了切换。回过神来时,我们已经站在了一间古典风格的木结构二层旅馆的大厅里了。

"咦?欸?"

朝比奈学姐可爱地歪着头,她一副拿着刀叉的姿势,手上却什么也没有。她正为此诧异地盯着自己的手指。

我们在寄存处领了房间钥匙之后便匆匆回到了房里。顺便

83

一提，所有人住的都是单人间。由于一直在沙尘弥漫的干燥地区赶路，我总感觉全身都沾满了沙土，只想赶紧泡个澡，好好休息，为明天做好准备。

这里既有浴缸，也有冲淋区。服务真周到啊，神仙来了都得夸上两句。

就这样，我们舒舒服服地度过了一晚。第二天早晨，我们再次集合。在镇长的带领下，我们见到了牧场方的人，与他们进行了一番寒暄。随后，SOS女团和两名新上任的副治安官一同前往决斗场地，准备迎战恶棍。

好了，这就是前情提要。那么，让我们回到故事开头的决斗场景吧。

硬币仍在空中旋转，仿佛是在等我解说完。

在无尽的慢动作中，那枚十美分硬币缓缓到达最高处，又缓缓落下。这一幕好似电影，那种激烈打戏前总会有短暂的宁静将我的时间感彻底吞噬。

那枚高速旋转的十美分硬币反射着正午的阳光，仿佛一个正在自由落体的迷你镜面球。

春日和对手，那个什么南托卡顿兄弟中的一个——两人都没有看空中的硬币，而是死死盯住对方的眼睛。硬币的落地声标志着比赛的开始。

"……"

就在这时——

自打来到西部，长门就比往常更沉默，她像田中久重（**注：日本江户时代末期至明治时代初期的著名发明家**）制作的机械人偶一样，向斜上方动作流畅地抬起脸。她的眼睛像猫一样完全不眨，专注地盯着一个点。我顺着她的视线望去。

【act.3 环球旅行篇】

"嗯？"

我的眼角捕捉到一丝细微的动静。虽然只是稍微动弹了一下，但确实是人的动作。

我仔细地观察起来，顺着我们的视线望去，街对面酒馆二楼的房间里像是埋伏着什么人。透过半掩着的玻璃窗，可以看到一个黑黑的人影。

一个男人正向下窥视着街道。他手里拿着一根长长的棒状物，那绝对是步枪。很可能是那个年代美国最热门的武器——温彻斯特M73步枪。

他架起枪，枪口对准的正是春日的脑袋。

"狙击？"

原来如此。看来，他们自知决斗的结果难以预料，索性用偷袭来终结一切。这帮家伙坏得干净利落，甚至将恶行演绎成了艺术。老实说，现在已经很难找到这种符合人们刻板印象的反派角色了。

我的右手本能地伸向枪带上的枪套。我敢说，即便我用左轮对着他的天灵盖连发六枪，我的良心也丝毫不会痛。我要直接动手吗，还是交给长门呢？

"……"

长门的沉默中似乎隐含了"静观其变"的暗示。的确，春日会被暗处的狙击步枪轻易干掉？那简直比自卫队的战车炮轰中了哥斯拉还荒谬。更何况，这个西部片本身就像一出闹剧。

时间所剩无几，那枚正在下落的十美分硬币眼看就要触及地面了。

所有人都注视着正在对峙的两人。

正因如此，大家才都惊呆了——

没想到春日竟在硬币落地之前就动了起来。

春日一个侧扑跳了出去，又接了一个前滚翻。她的整个身体都滚起来，最终消失在酒馆和商铺的夹缝处。

就在那一刻，十美分硬币终于与地面亲密接触，发出了空灵的叮的一声。它宣告着慢动作模式已经解除。

春日因为胆怯而临阵脱逃了——

不知情的人可能会这样认为，但从敌方慌乱的表情中可以看出，他早就知道酒馆二楼埋伏着自己人。

起初我猜想，春日鬼使神差般地发现了狙击手的存在，要直接冲去二楼射爆那个用步枪的家伙——只是一切都出乎了我的意料。

"我踢！"春日大叫一声。

耳边传来砰的一声，像是踢到了某种不太厚实的硬物后发出的声音。

紧接着，整间酒馆直挺挺地倒向了大街。

"什么……"

春日的对手吓得僵在了原地，一块印有酒馆图案的大背景板朝着他的头顶倒去，他急忙向后跳开。接着，那块曾是"酒馆"的大板子轰然倒在大街上，扬起了漫天尘土。

这时，背景板和地面之间传来一个男人"啊"的惨叫声，还有某种东西碎裂的刺耳咔嚓声。不用细看也知道，有个人被夹在了背景板和大街中间，而这个不幸变成三明治夹心层的男人应该就是那位拿着温彻斯特步枪的狙击手了。

这家伙应该是在立体酒馆变成平面酒馆的那一瞬间从窗户上摔下来的。

"果然如此。"春日一脚踹翻了酒馆的背景板之后，依然保

【act.3 环球旅行篇】

持着单脚悬空的姿势,"我就知道是这样。太假了嘛。"

春日的嘴角扬起一抹得意的微笑,像是在炫耀着胜利。

我环顾四周,发现一旁的景色已经大变样。

就在不久之前,街上的房屋和商铺看起来还是那么真实,现在全部失去了厚度与质感,成了一张张画着景色的布景板。

"真的假的?"

这突如其来的一幕让我们所有人都呆住了,敌方的那群家伙更是瞠目结舌,连老镇长都惊掉了下巴。这也难怪。毕竟,这个世界的设定在一瞬间就被强行颠覆了。

就连我们昨晚住过的旅馆,现在也变成了一块平面背景板。

简直太离谱了。

这里压根就不是19世纪下半叶的美国西部,而是一个露天的布景,其中所有的设定都参照了西部开拓时期。不过,他们的经费显然很不充足,所有建筑物都只是画在胶合板上的图案罢了。

春日绕过倒在地上的酒馆背景板,重新回到街上。

"差点忘了,我们在进行快枪决斗呢。"

春日掏出柯尔特SAA手枪,还没等震惊的敌人回过神,便对着他的胸口扣下了扳机。

砰的一声,清脆的响声传来,没有丝毫拖沓。

既然周围的一切都是道具,这场战斗显然也不会是实战,而是在演戏,手枪里自然也不可能有实弹。

这里是西部片的拍摄现场。就是这么一回事。

至于其他人的反应嘛——古泉的脸上浮现出他那标志性的苦笑,朝比奈学姐一脸迷茫的样子可爱极了,长门则还是那个老样子。

87

春日一边把玩着手枪，一边向我走来。我问道：

"你是什么时候发现二楼有狙击手的？"

"决斗对手的眼睛里反射出来了。"

这家伙的视力堪比猛禽啊。

"那你是怎么发现这些建筑物只是板子的？"

"这个嘛，凭直觉吧。"

这些细节最好还是不要深究了。

农场方的痞子们正肩并肩地靠在角落里，春日走上前去。

"既然是我先开的枪，那这场决斗算是我赢了吧？赶紧把人质放了，你们这帮通缉犯也赶紧散伙吧。"

春日冷冷地瞪着对方，用食指钩住扳机护环，灵巧地转动着手中的"和平缔造者"。被农场方雇用的南托卡顿那群人仿佛暂时忘记了世界被改写的冲击，纷纷骂骂咧咧起来。

"你小子！"

"你是认真的吗？！"

"这算什么决斗？！"

他们人手握着一把枪，一边爆着粗口，一边冲上大街。

老天啊，这场闹剧到底要演到什么时候？

"……"

长门最先反应了过来——

她将披肩轻轻一扬，两只手迅速地动起来。她右手持枪，架在腰间，左手迅速扳动击锤。这是一种扣住扳机不放的连射技巧——扇击速射（Fanning）。至于为什么此刻唯独长门的枪里还有实弹，我觉得大家还是不要深究的好。

然而，长门并未将六发子弹射向那群蜂拥而来的通缉犯。

她瞄准的是上空。

她射的是什么？谜底很快"从天而降"。

几盏巨大的照明设备砸向了那群恶棍的头。

伴随着一声轰隆隆的巨响，灯具一个不漏地全部压在了男人的身上，他们顿时发出癞蛤蟆打嗝般的惨叫。

原来，这里根本就不是露天片场，而是摄影棚的内部。

意识到这一点后，我发现原本在天上发光的"太阳"变成了挂在天花板上的装饰物。

按照常理，这时候应该有人拍拍场记板，再喊一句"咔"。可我环顾四周，却完全看不到任何剧组人员的身影。看来，这部戏在收工的时候都要靠自助服务。

老镇长无奈地抱着脑袋，一切似乎都没有按照计划进行。没人知道这个老头到底还有多少权力和执行力。

"那人质呢？"春日问道。

从画着银行图案的背景板后面探出两个人影。看见那些恶棍全部倒下，他们才战战兢兢地走了出来。年轻的男子穿着格子衬衫和工装背带裤，女子则穿着复古款的女仆连衣长裙。他们俩应该就是我们要救的人。在奇幻RPG篇里，他们是王子和公主。宇宙篇里是什么来着？真容倒是第一次见。

难道只有我觉得他们一脸疲惫，甚至有些绝望吗？

"这真是太感谢了。"

牧场主的儿子和儿媳微微地鞠着躬道谢。他们长着一张大众脸，就算盯着脸看，也会在三十秒后忘记。他们的年龄也是个谜，看不出是十几岁还是三十多岁。总之，他们的长相平平无奇。相比之下，稻草人脸（**注：由日文假名画成的人脸**）反而还更有特点一些。

不管怎样，只要救出人质，应该就算任务完成了。

"我说，老爷子。"我开口问道。

镇长依旧抱着头看向我们。

"怎么了？"

"你说呢？虽然剧情的发展和原剧本多少有点出入，但任务算完成了吧？这下总不会再被传送到……"

我还没来得及说"下个世界"，突然有一辆车破墙而入，开进了摄影棚。

"哇，什么情况？"

那是一款黑色涂装、软篷顶的经典老爷车。不，那已经不能用经典来形容了，简直就是"化石"。它看起来像是来自20世纪初的美国东海岸。那辆车横在牧场主的儿子和儿媳面前，车内伸出了一只黑色西装的手臂，将两人一把拽进车里。紧接着，车子猛地加速，冲破对面的墙壁逃走了。

"喂！"春日也忍不住喊了起来，"我们不是刚把他们救出来吗，又来了？就不能让我们再回味回味吗？我还想演一下牛仔依依不舍告别牧场的戏份呢！"

正当春日气得跺脚时，又有一辆车从刚才被撞开的洞口开到了我们面前。

这辆车我认得，是福特T型旅行车的敞篷款。

它像出租车一样安静地停着，驾驶座却空无一人。

"是让我们开着这辆车去追他们吗？"古泉摸下巴。

"有人会开这种车吗？"

我、春日、朝比奈学姐一齐摇头。我正准备对长门说"那就靠你了"，不料老镇长却已经坐在了驾驶座上。

"我来开吧。不用客气，就当是小小的额外服务吧，算是后续跟进。"

我们对视了一眼之后就赶紧上了车。春日一脸理所当然地坐在了副驾驶座上。

"快开车吧，老爷子。小费我会给足的。快追上去，接上刚才的枪战戏，这次还要再上演飞车追逐！GO！GO！"

福特车像是被弹出的弹珠一样窜了出去。虽说收尾略显潦草，但西部片的篇章暂且告一段落。

摄影棚外已是一片深沉的夜色。

周围高楼林立，午夜中的摩天大楼仿佛等待着我们。不可思议的是，世界竟然全部变成了黑白色。店门口的霓虹灯本该五光十色，此刻却只闪着单调的白色。春日的发带、朝比奈学姐的眼眸、长门的头发，现在都仅仅以深浅不同的灰色来呈现。

不知何时，我们的衣服也被换成了深色西装、白衬衫和黑领带。这种装束本身就不需要彩色。怎么回事？我们现在是一支刚参加完葬礼的队伍吗？

镇长也已经换上了黑西装，他一手握着方向盘，一边说道："这里是禁酒时期的芝加哥或者纽约。"

到底是哪个？

"管它是哪个呢，你说呢？"

确实，这倒也没错。

"我现在已经不是镇长了，只是一个受雇的普通老司机。我负责给你们带路。"

被绑的两人现在在哪里？

"应该在某个黑帮组织的老巢里吧。你们接下来要去跟黑帮老大谈判。"

"对方讲道理吗？"春日问道。

"恐怕不太讲道理，所以你们很可能需要来一场决斗。"

"赢了的话,他们就会放人。如果一切顺利,说不定连飞车追逐都省了。"

如果真能顺利那是最好的,但我总觉得有点悬。

我靠在后座上,这座位我实在不能违心地说它舒服。我抬头望向天空,闪烁的星星此刻都变成了单一的色调,与之前在宇宙篇里看到的相比,视觉冲击大打折扣。

这么说来,我们还没有听到"任务未完成"的提示音。我一边这么想着,一边感受到一阵车子提速的推背感。

很快,车子停在了一条阴暗商业街的街角。春日第一个跳下车,我们也接连下车之后,背后传来老爷子的叮嘱。

"那栋大楼的地下一楼有家非法经营的酒吧,你们往前走就会看到一条通往地下的楼梯,下去之后一直走到底,那里有一扇门。你们敲三下,然后等上三秒,再连敲三下,门就会开了。"

在深灰色大楼的正面,有个正好够两个人并排通行的长方形门洞。前方是楼梯,越往里越黑,连气氛也变得阴森起来。

"放心,我已经安排好了。如果真的有麻烦,就趁乱逃跑吧。"

满脸皱纹的老爷子冲着我们咧嘴笑了笑。

"祝你们好运。再见了,孩子们。"

说完,他便驾着老爷车离开了,留给我们的是一团呛死人的尾气。先不说地下会有什么等着我们,我更疑惑的是这个老爷子到底整天是在帮我们还是在坑我们。听他的口气,总感觉我们还会再见面。我本以为我们能顺利救出人质,如此看来,这不过是个不切实际的幻想罢了。

"管他呢,我们走吧。船到桥头自然直。"

从没想过有一天我会因为春日那无比乐观的态度而感到一丝丝安心。

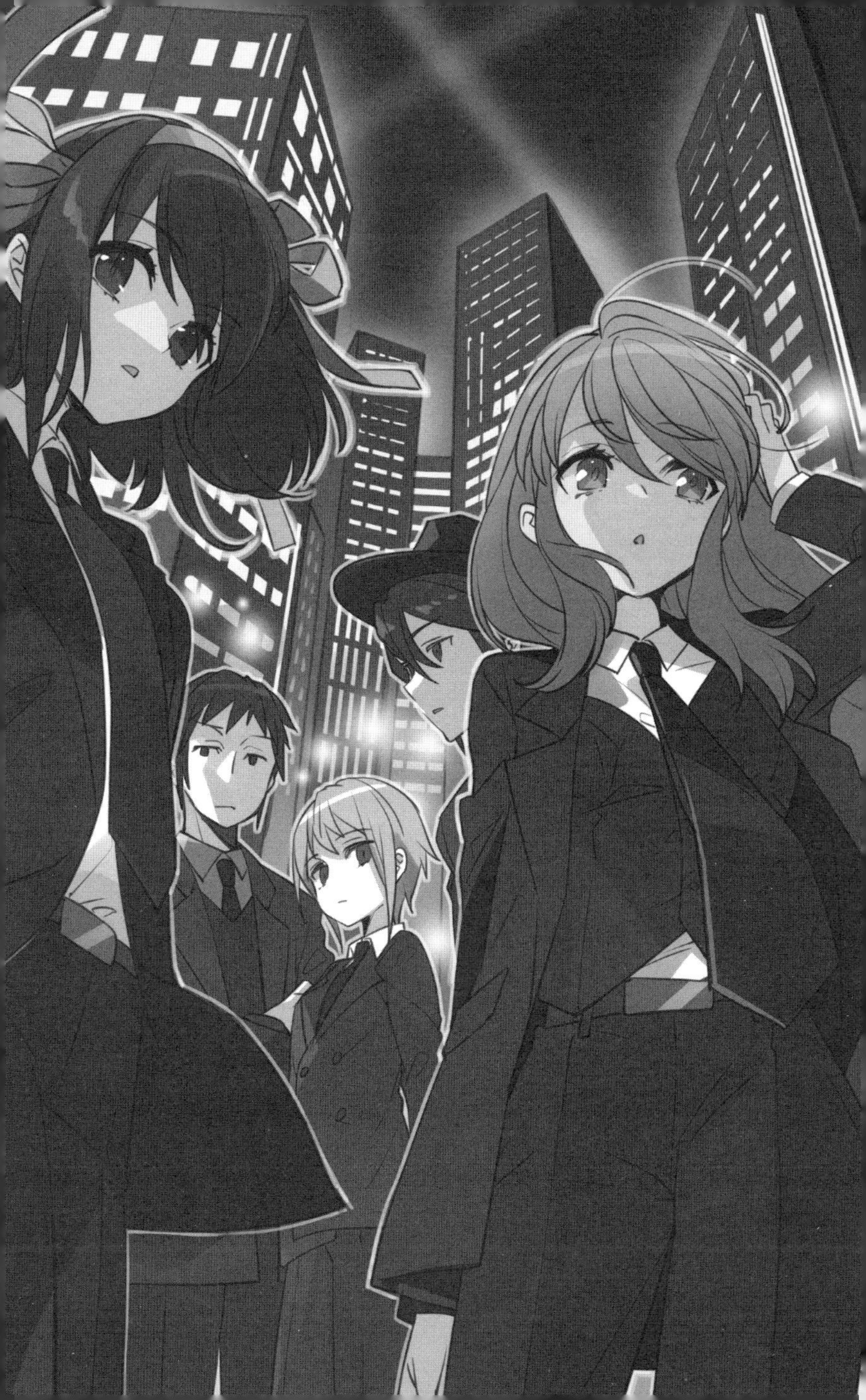

我们紧跟着春日走下楼梯，几秒后在一扇厚重的木门前停了下来。春日用拳头敲了三下门，停顿三秒后，又敲了三下。

过了一会儿，我们听见门把手转动的咯吱声，那声音十分沉闷，一听就是有年头了。

门向里开了。

一瞬间，屋内的喧闹声和香烟的烟雾一同倾泻而出。伴随着男人们粗俗的叫骂声和欢呼声，一个身高近两米的大汉从门缝中露出一张冷漠的脸。

他字面意义上"俯视"了我们一眼，然后说道：

"进来。"

那人让开了一条路，我们在春日的带领下踏入了地下室。

我们正准备继续往里走时，那人突然说道：

"慢着，把武器交出来。"

看来，这个大汉似乎是保安或保镖。

我本以为我们没有带武器，却突然想起不久之前我们还人手一把"和平缔造者"。然而毕竟没有穿枪带嘛，我边这么想边摸了摸自己，却发现在西装的内衬里藏着一个肩挂式的枪套。

拿出枪的那一刻，我实实在在地感受到了柯尔特政府型手枪的分量。这次的枪依旧来自柯尔特制造公司，但不再是左轮手枪，而是变成了自动手枪。

春日觉得有些诧异，不禁"嚯"了一声。朝比奈学姐照例陷入了混乱，开始手舞足蹈起来。长门用幅度最小的动作递上自己的枪。古泉则耸了耸肩，将手枪交给了门口的守卫。

那个大汉轻松地抱着五把手枪，昂起下巴示意我们跟他走。穿过迷雾般缭绕的烟气，我们来到这间屋子的正中央，只见一张大圆桌旁坐着一个身材格外魁梧的男人。他单手拿着一只老式酒杯，对我们露出蛇一般狡黠的笑容。

他年纪不大，穿着剪裁讲究的深色西装，打着黑色领带，乍一看与我们的装束差不多，但气场却截然不同。一看就是个声名显赫的帮派头目。

我不动声色地观察周围的环境。

看来这地方是间酒吧。房间深处有一个吧台，一位像是调酒师的男人正面无表情地默默擦拭着酒杯。整间酒吧非常宽敞，却到处放满了圆桌，各种半空的酒瓶在桌上堆积出一片"小树林"。至于烟味更是盖过了呛人的酒臭，它们大部分都来自客人们抽的香烟或雪茄。

这些客人也都身着一样的深色西装。看来，现在这家地下酒吧被黑帮包场了，不然这里的股东和经营者也和客人是一路人。按照老爷子的说法，这个世界正值禁酒时期，所以这里显然是非法的。

"老大。"

给我们带路的大汉走到那个蛇一般的男人身边，对着他的耳朵悄悄说了些话，然后便迅速回到自己该站的位置。

我们带来的柯尔特政府型手枪被随意丢在了桌子上。反正我也没打算用它，这样两手空空反而轻松了不少。

那个长得像蛇一样的老大开口了：

"你们就是最近风头正劲的SOS家族吧？"他的声音有些诡异，就像爬行动物在拼命模仿人类说话一样。

正当我在思考"团"和"家族"哪个叫法更合适时，春日自信地挺了挺胸：

"对，我们早就像家人一样了，所以你那么叫也没毛病。"

蛇老大阴冷地眯起眼睛说道：

"委托你们这群小鬼来办事，看来他们的组织也真是到头了啊！"

围坐在老大周围的一帮人立刻哈哈地笑作一团。笑声在房间里回荡了十几秒，老大举起右手示意。

笑声立刻戛然而止。

"坐吧。"老大招呼道。

不过，椅子只有一把，自然是属于春日的。她悠哉地坐了下来。

"喝的就不用了。"春日优雅地笑着，"你们这里好像只有酒，我可不喝。我刚刚才想起来，我发过誓，再也不会喝到不省人事了。还有，如果让我发表意见的话，我觉得禁酒令是世上最烂的法律，但就算如此，与其整天在这里干些非法的勾当，还不如用政治手段去推动改善。"

嗯？我觉得心中好像有什么东西被唤醒了。

春日的话里似乎有一个不容忽视的字眼，然而，我无法确定那是什么。最烂的法律？不对。非法勾当？也不对。政治手段？更不对。刚刚想起来？也不是这个。到底是什么？什么东西被唤醒了？

春日和老大的对话并没有因为我的疑惑而受到影响。

"有人叫我们来和你们比一场。"春日说道。

"赌注就只有你们抓走的那对夫妻吗？"

"当然不止那两个人。"

老大一口喝光了杯子里的酒。旁边的一个手下迅速拿起酒瓶，将新酒注满杯中。虽说这个世界是黑白的，但我猜这酒应该是琥珀色的。

"如果我们赢了,雇你们的那些帮派的地盘就全部归我们,一英亩都不许留。包括非法赌场、私酒工厂,还有那些街边的小赌厅,以后都是我们的东西。放心,无论输赢,人质我都会还给你们。我只是想和雇你们的人聊聊,但一直没机会,这才绑架了那两个人。我们只是想和平谈判而已。怎么样,我这人还算公正吧?你说!"

旁边的人又是一阵哄笑,像是在特意给老大捧场似的。老大一举手,笑声又戛然而止。你们是在演小品吗?

春日就像一个坐在最前排看无聊喜剧的观众。

"我大概搞清事情的经过了。那,我们要用什么来决胜负?"

"扑克。"老大从怀里掏出一副扑克牌。他把牌啪的一声放在桌上,接着说道,"规则很简单,就是抽扑克牌。每人先发五张牌,只能换一张牌,最后以手里的牌型决定胜负。没有大小王和筹码,也不许诈唬。明白了吗?"

春日盯着桌上的扑克牌点了点头。

"好,就按这个规则来。倒是你,没别的要求了吗?"

"小妹妹,你不检查一下牌吗?我可不想事后被人说出老千什么的。"面对老大的提议,春日只是像盛夏里的向日葵那般微笑了一下。

"你只要告诉我一件事,这里面最强的牌型是什么?"

"这都不知道啊。最强的当然是皇家同花顺了。但是这种牌几乎不会出现,你们懂不懂规则啊?"

"哈哈哈哈哈!"

又是一次哄堂大笑,又是十秒之后的戛然而止。

此时，我已经完全忘记了那个唤醒记忆的字眼了。那种感觉就像是在河边茫然地看着鳗鱼从手中溜走，只剩下越来越远的鱼影。那种被唤醒的感觉也越发模糊。

不行，我完全想不起来了。

……想不起来？想不起来什么？我到底必须想起来什么？

然而，随着每一秒的流逝，就连这种疑问都在逐渐消散。这是怎么回事？我感觉自己的思想像是被别人操控了。难道我也要疯了吗？又是奇幻，又是科幻，又是西部片，这里根本不是正常世界。为什么我们会在这种地方？这是哪里？现在是什么年代？到底是谁把我们弄到这里来的？

"发牌的人选嘛，我想想看……喂！那边的调酒师！你过来发！"

在老大的命令下，那个面无表情的调酒师从吧台走了过来。他拿起扑克牌，娴熟而快速地进行印度式洗牌，洗了足足十秒钟之后，他又开始鸽尾式洗牌，并将牌堆分成几份。最后，他随意切了几张牌，先给老大发了五张牌，接着又给春日发了五张牌。

他的手法无比熟练，简直到了出神入化的程度。会有人觉得这个调酒师不是和老大一伙的，而是个完全中立的旁观者吗？我敢打赌，就算你找遍世界的每个角落，你也找不到会这么认为的人。只让自己信任的人洗牌，自己却不参与切牌。如果这都不算出老千，那才真叫人觉得匪夷所思呢。

这一点春日应该也是知道的。

不出所料，春日手中的五张牌，只有梅花3和方块3凑成了对子。这种情况只能说是比一手杂牌好了那么一点点而已。

春日看着犹如扇子一般展开的牌，轻轻地"哼"了一声。

对面的老大则举着他的五张牌大声喊道：

"喂，大家快来看！真是走运啊！真的假的？我的守护天使在关键时刻居然这么拼！快点来看！"

"哈哈哈哈哈哈！"

这次的哄笑持续了十几秒，因为老大没有示意停下。在手下们的一片傻笑声中，老大露出了得意的表情。

"我就不换牌了，你们想换几张就换几张。不过只能换一次，想好了再换。"

春日盯着自己的手牌，又看了看老大的牌背。接着，她将自己手牌的牌面朝下，随意地放在桌子上。

"我也不换，就用这五张来一决胜负。"

嘈杂的哗笑声顿时停了下来。

众人面面相觑，一副难以置信的表情。

毕竟，春日的口气不像是在开玩笑，她浑身都散发出一种自信的气场。不仅如此，春日甚至从容不迫地向对方提议：

"要不，你们还是换几张牌吧？要是事后再反悔说不行，我们可不答应。"

"你在逗我吗？"老大用蛇一般犀利的目光瞪着春日，"你最好别小看我，我的运气可不是你能比的。既然你都这么说了，那我只能奉陪到底了。"

老大也将手牌翻了过来，扣在桌子上。

"大家都用发到的牌来一决胜负。"

看来，他的手牌相当不错，但这么一来，春日肯定也就看穿了他的把戏。

"我没意见。"

春日的目光始终牢牢锁定在老大的牌上。她的那副表情我再熟悉不过了——此刻，春日的阴谋正在顺利地实施着，她很想掩饰脸上的得意，却根本掩饰不住。

"那我们就这么比吧。"春日一边说着，一边突然站起来，"不过，等一下和你比试的人不是我，是这个姑娘。"

春日轻快而利落地站起身，如同跳华尔兹一般，优雅地绕到长门身后，再将这位娇小的文艺社社员引到还有余温的座位上。她的一连串动作迅速而干脆，没有丝毫拖沓。

"……"

长门只是轻轻地眨了眨几下眼睛，却足以让人感受到她的错愕。

转眼间，玩家从春日变成了长门。

不过，这么做的意义究竟是什么？对面的老大极有可能手握最强牌型。即使是长门，也不可能在不玩阴招的情况下，凭借一个对子就击败他。

春日凑近长门耳边，小声说道：

"有希，快想起来。你是个魔法师，能把任何不可能都变成可能。你是女巫有希。不是出老千，而是展现真正的魔法！"

说着，春日不知道从哪里拿出一顶黑色尖顶帽，轻轻放在了长门的头上。

"……"

突然，眼前的景象变得扭曲不清，仿佛这个世界在慌忙应对某个不可预知的事件。

长门没有反应，但这一幕却让我觉得无比熟悉。

我似乎在某个地方见过这样的长门。那时的她不仅戴着魔女帽，还披着斗篷……

我再定睛一看，长门的打扮与我那神秘的记忆完全吻合，她头戴深色尖帽，身穿黑色斗篷，安静地坐在那里。

"……"

长门的目光落在春日那五张牌面向下的手牌上。她似乎在思考如何赢得这场扑克对决。

这时，春日又挥了挥手。

"这个给你。"

她递给长门一根顶端镶着五角星的银色棒子。

"银辉烈焰。"

我小声嘟囔道。

古泉和朝比奈学姐惊讶地看向我。显然，对这个名字有印象的人不止我一个。但我们并不清楚为什么会知道这个名字。

我的疑惑尚未得到解答，禁酒法时代的扑克对决却依然在上演。那根魔法棒是否真的叫这个名字早已不再重要。不管是星星棒还是长门那身魔女的打扮，以及春日到底是从哪里掏出这些东西的，现在根本来不及深究这些细节，故事的节奏可不能被打乱。不，根本没法打乱。

长门静静地凝视着手中的星星棒，她似乎在努力回忆这个曾经见过的东西。

我望着长门娇小的背影，她穿了一身黑，一动不动地坐着。春日站在长门背后，将手轻轻搭在她的肩上，又贴在长门耳边悄声说了几句话。

那应该是春日给长门下达的指示。长门随即将星星棒高高举起，在所有帮派成员和我们这群人的注视之下，轻轻地挥舞起来。

"……"

她用魔法棒的星星轻轻戳了戳那五张牌面向下的扑克

牌——仅此而已。

在大约三十秒的沉寂后,老大终于开口了。

"这到底是搞什么?"

这正是我想问的。长门只不过是用春日递给她的星星棒在五张牌的背面轻轻碰了一下而已。

如果是魔术或出老千之类的,肯定会搞出更大的动静。

然而,在众目睽睽之下,就算再怎么搞小动作,也绝对会被瞬间识破。

既然如此,春日究竟对长门说了什么,长门又做了什么呢?

"为了谨慎起见,我再确认一下。"春日面带微笑地说道。

"如果我们的牌比你们的强,那你们就必须都听我们的,对吧?"

面对春日略带挑衅的口吻,蛇老大沉思了片刻后答道:

"对。"

他盯着面前反扣着的五张牌,似乎在琢磨为什么要特意将牌扣在桌子上而非拿在手里。

他将目光转向发牌的人,却发现那个调酒师不知何时已经回到了吧台,此刻正默默地擦着酒杯。

老大的脸色一下子变得阴沉,他似乎已经察觉到了有些不对劲。

"我是不会输的。"老大开口道,"我的牌是最强的。我看你们也没出老千,那就是故意在这诈我呢。别白费力气了。"

说到底,这局游戏的规则就是单纯比拼牌型的强弱,根本没有竞技扑克那样的诈唬和策略。

老大虽然信心满满,看上去却又有些不安。

春日和长门。如果这两个人联起手来干坏事,绝对会产生可怕的后果。不过就这场较量来看，最坏的后果无非就是这个微不足道的老大和他的手下会吃点亏罢了。我心安理得地选择无视，我的良心也一点都不痛。

"那就开始吧。"春日笑着说，"我数一、二、三，大家一起摊牌。这样可以吧？"

身穿黑色西装的春日将右手伸出，将扣在桌上的五张牌一并抓起。

老大也不甘示弱，跟着做了同样的动作。

"一、二、三，开！"

在众人的注视下，春日和老大的手牌同时揭开了面纱。

在灯光下，双方的五张牌一览无余——

一手是一对3，另一手则是黑桃的皇家同花顺。和我猜的一样，的确是最强的牌型。

但出人意料的是，这两副牌的牌手却完全对调了过来。

一片冰封般的沉默笼罩着这间地下酒吧。

我无法判断长门到底有多震惊，因为我搞不清这场"魔法"的幕后黑手是长门还是春日。

不过对于对面的帮派老大来说，谁是罪魁祸首根本不重要。

他怒吼道：

"这不可能！"

我能理解他的心情，这确实是一件匪夷所思的事情。

老大和他的手下惊得目瞪口呆。

"开什么玩笑！"

老大将手里的五张牌摊开在桌上，一对3，正是几分钟前发到春日手里的牌。

而长门面前的则是黑桃的10、J、Q、K、A，它们在灯光的映照下显得分外夺目。

双方都将牌反扣在桌面上，就在这短短的时间里，自己的牌竟然跑到了对面。至于对方的牌，长门甚至连一根手指都没碰过，她只不过用星星棒轻轻碰了碰背面朝上的手牌。

老大吼道：

"你们出老千！"

"不是，是魔法。我不是说了吗？有希是魔法师，虽然是个有那么一点点邪恶的魔法师，但对付你们这种家伙，偶尔使点小手段也是可以的吧？"

说到魔法师，我突然想起不久之前朝比奈学姐也扮演过这个角色。

"因为实玖瑠不适合这种玩牌的游戏。"春日说道。

那倒是。如果此时朝比奈学姐让陨石砸下来，那后果简直不堪设想。

"……"

长门似乎觉得她的任务已经完成，于是从座位上站了起来。她的装扮又变回了原来的黑色西装，那顶魔女帽和斗篷早已不知去向。

我小声问她：

"春日和你说了什么？"

"让我用魔法交换彼此的手牌。"

所以你就用了魔法？

"我什么都没做。"

如此说来，这一切都是春日的杰作。这家伙的意念力居然能让牌在瞬间互换。物体转移——她同时使用了"隔空取物"（apport）和"送出"（asport）……算了，想这些也没用。

古泉补充道：

"这是桌面魔术中最常见的把戏，在眨眼之间快速换牌，巧妙地利用了人眼的特性……"

说着说着，古泉似乎意识到，在这样一个无所不能的世界里根本不需要特意掩饰魔法或未来高端科技的存在。他不禁露出了苦笑。

春日笑容满面地站在了帮派成员的面前。

"赢了就是赢了。条件可是你们自己提出来的，那快点兑现吧！"

春日眼神犀利地环顾起四周。

"人质呢？"

这群帮派成员瞬间全员定格，仿佛突然被按下了暂停键。在一阵极其不自然的沉默之后，老大费力地开了口：

"你在说什么？"

他乍一看像是在装傻，但表情的确很僵硬，他就像是一个播音员，强行背诵着稿子里没有的台词。

难道这场扑克对决从一开始就注定我们是输家吗？因为没有想过我们会赢，所以被绑架的那两个人不会露面，甚至没做过出场的准备。由于春日的神奇力量，我们竟然赢了，现在一切都乱了套。

春日双手叉腰，像战神一样站着：

"你不是说无论输赢都会把人质还回来吗？叫什么来着？反正就是一对年轻男女，我不知道他们的名字。"

"闭嘴，你这个出老千的骗子！"

老大从怀中掏出手枪，其他人也纷纷将枪口指向我们。这下麻烦了，我们现在两手空空。

这样下去，我们五个人都会被打成马蜂窝。现在该怎么办？

就在这时——

一个熟悉的声音在酒吧门口大叫道：

"芝加哥市警来了！"

话音刚落，厚重的木门连同锁被踹得稀烂，一群戴着头盔、身穿护具的警察如潮水般涌了进来，他们全部拿着透明的警用盾牌。

"所有人都不许动！放下武器，趴在地上！"

领头的警察举起一把格洛克模样的手枪，但听从指示的只有我们SOS团的五个人。春日竟然乖乖趴了下来，我简直不敢相信自己的眼睛。而对此情此景更为震惊的，显然是那群黑帮成员。

"芝加哥市警？"

这帮人到底不是吃素的，他们立刻将桌子踢翻，迅速在店里搭起一道临时防线。于是，警察将枪口转向了他们，大家都松了口气。

不过，这芝加哥市警的造型真是古怪，仿佛是从21世纪初的电视剧里走出来的，身上配备的武器也十分现代化。现在难道不是20世纪20年代吗？这种别扭的感觉就像是把两个不同的故事混在了一起。

果然，黑帮成员们一脸惊愕地看着眼前的不速之客。他们脸上的表情就像是观众正在看战国时代的大河剧（**注：在日本广播协会播出的每年一作的历史剧**）时，一群外星人突然出现，并和德川军在关原打了起来一样。那群警察也显得有些茫然，但他们没有忘记自己的职责，继续将枪口对准黑帮成员。

"现在以非法赌博的罪名逮捕你们！所有人放下武器！"

【act.3 环球旅行篇】

　　这句台词真的充满各种笑点，但由此看来，这帮警察似乎并不太关心私下卖酒的事。这时，我突然想起来这里之前老爷子说的那句话，原来这就是指"趁乱逃跑"的"乱"啊。但是，在两组武装人员的包围下，我们该怎么逃呢？

　　一边是突然闯入的警察，一边是黑帮成员。时间在无尽的虚无中流淌着，双方都将手指扣在扳机上，死死地盯住对方，这僵持的气氛仿佛要无止境地持续下去——

　　就在这时，春日出手了。

　　趴在我旁边的春日缓缓抬起手，摆出类似投降的动作，但她将手心朝内，像是要在神社扔许愿的钱币一般。

　　"啪！"

　　随着一阵好像是拍手的声音——不，不是好像，那就是拍手声，此刻的宁静被撕裂了。

　　这一声成了枪战的号角。

　　子弹犹如狂风，在我们的头顶上左右穿行，这一切犹如噩梦般令人心惊。

　　"哎呀！"朝比奈学姐抱着头，长门则像熬夜后的新员工一般瘫倒在地上。她侧卧着，眼睛却睁得老大，看来并没有沉醉于梦乡。古泉匍匐着爬到我身边，为了不被枪声淹没，他扯着嗓子大声喊道：

　　"先找个地方躲起来！"

　　能躲到哪里？入口已经被芝加哥市警封锁了。

　　"去吧台后面！我刚才看见调酒师躲进去了！至少能挡住子弹吧？"

　　没办法，看来只能去那里了。我戳了戳春日，指向吧台。春日点点头，开始匍匐前进。我一边用左手抱着朝比奈学姐，

一边借助右手贴地爬行，仿佛一个受伤的士兵在战壕里前进。

满身灰尘的我们艰难地来到吧台内，一张扑克脸的调酒师还在默默地擦着酒杯。他弯下腰瞥了我们一眼，又继续擦起来。与其说他是个沉默寡言的配角，我倒觉得他更像一个一开始就不会说话的NPC(**注：Non-Player Character，非玩家角色**)。

枪声依旧此起彼伏，四周烟雾弥漫，让人分不清是香烟还是硝烟。就在这时，耳边突然响起一阵电话铃声。

如闹铃一般刺耳的声音是从吧台传来的，调酒师伸手拿起电话，在耳边听了一会儿之后，默默地把这个古董一样的听筒递给我。

不用猜也知道打电话来的人是谁。

"喂，老爷子吗？"

"对，是我。吧台后面的柜子是扇隐形门，那里可以通往后门。你们就从那里逃出来，我开车在外面接应你们。"

电话挂了。

我把听筒还给调酒师，指了指看起来像是餐具柜的地方。调酒师看了看我指的方向，默默地打开柜子。

一条足以让一个人通过的通道出现在我们眼前。

我本想对调酒师表达感谢，却发现身上空空如也。于是，我一边朝着他单手作揖，一边飞身进入密道。确认了春日、长门、朝比奈学姐和古泉跟上后，我在黑暗中继续摸索前行。没多久，我们来到了一条楼梯前，爬上去之后有一扇沉重的门。我们费尽辛苦打开门，眼前出现了一片黑白的建筑群。

等候着我们的车子不是来时的那辆，而是换成了一辆福特雷鸟的敞篷车。

打扮成芝加哥市警的老爷子气定神闲地坐在驾驶座上。

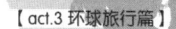

所以这也是后续跟进？

"快点，追兵来了！"

警车的鸣笛声渐渐逼近，听起来不止一辆。只是抓赌的话，这阵仗是不是有点太大了？

春日跳上副驾驶座，我们另外四人则挤进了后座。雷鸟顺利启动，大摇大摆地汇入了街上的车流中。

车开了一会儿之后，我眨了眨眼睛，发现周围的世界不知何时又恢复了色彩。本以为是时代跨了一大步，却发现事实并非如此。

视野两侧的街景渐渐变得支离破碎。很快，我们SOS团一行人乘坐的汽车驶离了市区，进入了一片只有土路的森林。

"接下来是哪里？"春日问道。

但我更想问的是"下次是什么时候"。

"哎……"

老爷子握着方向盘说道。

"我和你们一样，也是一个被卷入这场游戏的可怜虫。其实我比你们还惨，我既不知道自己来自何处，也不知道自己要去往何方，只能永远在这个世界里做一个仆人。"

老爷子，你到底掌握了多少秘密？

"我什么都不知道，也没有人告诉我。这究竟是好事还是坏事，我也搞不清楚。"

他的声音渐渐远去，眼前的景象开始变得模糊，当我的目光再次聚焦时，我发现我们又换了身行头。

我和古泉身上的西装从参加葬礼的那种变成了参加婚礼的那种，反正都是西装，变化不大。而春日、长门和朝比奈学姐则穿着复古而华丽的晚礼服。不仅如此，她们的配饰五光十色，头发也打理得很精致。这男女的区别对待也太明显了吧？

而且，我觉得我的屁股下面好像硬硬的，我这才发现我们坐的早就不是汽车的座位，而是变成了木制的座椅。我探头向外一看，我们居然坐在一辆马车里。

两匹栗色的马儿在前面哒哒哒地跑着，而握着缰绳的正是那个老爷子，此刻的他已经戴上了一顶大礼帽。

马车停下后，我们又会遭遇怎样的命运？虽然毫无头绪，但我可以肯定的是，这绝对不会是我们的最后一次冒险。我们究竟还要被迫做多少事？

这次的冒险发生在一个很像17世纪的英国的国家，我们的任务是阻止一起暗杀国王的计划。旧教势力与议会派联手，打算在王宫的化装舞会上把国王夫妇连同宫殿一起炸飞。我们受命于王党派贵族，化身舞会上的隐秘守护者，不仅要阻止这场可怕的爆炸计划，还得抓住幕后黑手。果不其然，那对年轻的国王夫妇就是曾经的王子和公主。经过一番波折，恐怖袭击被及时化解，那些坏人被炸得四散而逃，而我们也被卷入气浪之中。当我们再次睁开眼睛时，却发现自己身处另一个世界。

接下来，我们的舞台转向了第二次世界大战期间的欧洲。英国情报局给我们出了一个超级难题，让我们去德国偷一个恩尼格玛密码机回来。春日二话不说立马答应下来，我们只好跟着她跨过多佛海峡，途经被德国占领的法国，而后直奔柏林。在经历了一系列惊心动魄的事情后，我们终于成功盗取了密码机。趁着夜色，我们在加来港潜入了一艘美国潜艇，却被德国海军的驱逐舰发现，随之而来的便是潜艇海战片中的老掉牙剧情。我们的身后是渐渐沉没的潜艇和燃烧的敌舰，我们划着橡皮艇逃生，随后便失去了意识。

之后，我们碰上了一桩犯罪案件。某个连环爆炸狂魔不停地给我们提示，我们只好东奔西走，按照他的提示手忙脚乱地拆除一个个定时炸弹。怎么又是爆炸？和爆炸有关的设定也太多了吧？

接着，我们化身为平安时代的贵族，参与到宫廷的权力斗争中，这次唯一吸引我眼球的似乎只有长门、春日和朝比奈学姐身上的装束了。

再接下来，我们又成了吸血鬼猎人，潜入了吸血鬼的老巢。

之后我们又来到一个末世般的废墟世界，与失控的机器人展开战斗。

再之后，我们在一千零一夜的世界里上演了阿拉丁神灯的故事。紧接着又去江户时代抓僵尸，然后又一次回到潜艇中，打了一场有关核导弹发射的心理战。我们的木星太阳化计划以遗憾告终，接着要逃出死亡游戏中的迷宫，还穿越到了上古时期的恐龙大战……一连串的冒险不断上演。

而此刻，我们正处在无边无际的大海中。

我们躺在破破烂烂的游艇甲板上，再这样下去，用不了多久我们就会变成干尸。我放眼望去，三百六十度都是无尽的水

平线，连一艘救援船的桅杆或烟囱都看不见。

更糟的是，今天是个艳阳天，加勒比海上反射着刺眼的阳光，把我们全身都烤得通红。

"热死了。"我仰望着天空。

我们这群人被迫在世界各地冒险，在经历了斯图亚特王朝的英国、僵尸肆虐的江户、冷战时期的潜艇大战，和二战时期的德国之后，这次又来到了美国的某个海岸。

我们本来躺在阳光灿烂的沙滩上，打算好好度个假。结果，我们还没来得及喘口气，就又接到一项击退鲨鱼的委托。据说，有一条凶猛的食人鲨在附近的海域里横行霸道，我们被派去"收拾"这条鲨鱼。名义上说是委托，其实和命令没什么两样。春日像往常一样毫不犹豫地发出"GO"的号令，SOS团一行人便登上了不知是谁准备的高速游艇，向着鲨鱼进发。

然而，真正的挑战才刚刚开始，我们面对的竟然是两条身长五米的"巨鲨组合"，在经过了整整一天的殊死搏斗之后，我们终于把炸药塞进它们的嘴里，将其炸上了天。然而，游艇的引擎却被鲨鱼咬坏，失去了动力的船只开始随波逐流。既没有人来救我们，也没有将我们传送到下一个世界。我们只好轮流打盹，再用游艇上的钓竿钓点食物。就这样，我们熬过了一个晚上，现在已经快中午了。

幸运的是，船舱里有充足的饮用水，所以暂时不用担心会变成干尸。不过，待在这种地方实在是无聊得发慌。按理说，平常这个时候我们早就被扔到别的世界去了，这次是怎么回事？难道该做的事都做完了吗？

"也许……"

我正拿着钓竿钓鱼，古泉朝我走来。

【act.3 环球旅行篇】

"任务是成功还是失败,其实根本不重要。"

春日、长门和朝比奈学姐正穿着泳衣,悠闲地躺在甲板的躺椅上晒太阳。

我们在船里找了找,发现这里什么都有。泳衣、太阳镜、防晒霜,甚至还有热带饮料,简直周到得让人想哭。

我看着一动不动的钓线嘀咕道:

"那我们该怎么办?我们在这里做什么?什么时候才能不用满世界乱跑,离开这个既像劣质游戏又像Z级片的世界?"

"其实,我有一个想法……"

你是说逃离这个世界的方法吗?

"不是,我对怎么逃出这地方一点头绪都没有。不过,关于我们此刻的状况,以及这个世界到底是什么,为什么我们会在这里,我倒是有一个猜测。"

古泉的表情和口气让我觉得事情似乎有些不太妙。

事已至此,我还要听那些会让人心情沮丧的话吗?正当我不停纠结时,头顶的阳光突然被一片阴云遮蔽。

"怎么回事?"

我抬头一看,游艇四周竟然起了雾。这突如其来的白色雾气在海面上升腾,很快变得越来越浓,遮住了我们的视线。

春日摘下太阳镜,半坐起身,指着右舷说:

"好像有什么东西在靠近。"

团长的眼神和直觉果然了得,一个巨大的东西正在浓雾中缓缓朝着我们移动。继两条食人鲨之后,这次是白鲸吗?

我的脑海中不禁闪过亚哈船长(**注:美国小说《白鲸》的主人公**)的悲惨结局。就在这时,一艘无比巨大的木船划开浓雾,出现在我们面前。那是一艘老式的盖伦船,像极了电影中的海盗船。

这艘船看起来老得不能再老，明显不适合用来救援一艘遭难的现代化游艇。

这艘盖伦船稳稳地停在我们的小艇边，像是在观察我们。过了一会儿，船上传来一阵嘈杂的声音，接着，一条绳梯缓缓垂了下来。

我们的船已经失去动力，总不能一直待在上面晒日光浴。没办法，现在只能豁出去了。我伸手去抓梯子，指尖触碰到的却是春日的肩膀。

"我先上去。阿虚，你最后一个再上，看好实玖瑠，别让她掉下去！"

春日穿着一身颜色鲜艳的比基尼，她如同一只灵巧的猴子，快速爬上了绳梯。一言不发的长门紧跟其后。古泉则笑着说"那我先上了"。朝比奈学姐小心翼翼地跟上，摇晃的绳梯让她不时惊呼"啊呀"，有好几次她的玉足还差点踩到我的脸。最后总算轮到我了。

就在我拼命爬上甲板时，一双粗壮的手臂毫不费力地将我拉了上去。

那是一个皮肤通红、胡子拉碴的男人，见我安全上船后，他微微一笑，回到了他的同伴身边。

盖伦船的甲板上站满了船员。

他们穿着像是从主题公园的海盗秀里借来的破旧衬衫和裤子，脸上满是酒刺，仿佛随时都会拿起酒杯狂饮朗姆酒。他们浑身散发着一股彪悍的气息，一看就是更依赖暴力而非智谋来谋生的人。其中几个人戴着一只黑色眼罩，毫不掩饰地表明自己的身份。

这里人种混杂，就像一锅大杂烩，我根本数不清不同人种各有多少人。总之，这是一艘海盗船，这群人是海盗。

我四处寻找，发现那个老爷子并不在这里。这几次冒险都没见到他的身影，难道是已经完成任务离开了？

春日向前迈出一步，目光锐利地扫视着这些海盗。

"感谢你们的欢迎。"春日心情愉悦。

船员们齐声回应："欢迎回来，船长！"

他们一边热情地打着招呼，一边带我们进船。

春日扬起手臂，似乎在说"免礼"。

"这艘船上有淋浴吗？有的话我就先去洗个澡，换身衣服。"

几个看起来像是海盗头领的船员立刻低下头，一边说着"是、是"，一边请春日去船尾楼，其他团员则默默跟在后面。我这才发现，周围的雾已经完全散去。太阳重新在天空中倾洒来自核聚变的炽烈的光芒，空气清新干爽，并不会觉得热……

看来，我们又不知不觉进入了另一个世界，因为转场过于丝滑，我甚至没有察觉。

春日毫无悬念地被请进了船长室，看到这一幕的我心中已经没有任何波澜。想让她在海盗船上甘心接受其他角色，就算地球倒着转也不可能。

船长室的空间相当大，既有会客区、卧室，还有作战会议室，甚至还配有淋浴间。不过，说是淋浴，其实就是在墙上装了一个类似浇水时用的水龙头，里面流出来的是被太阳晒热的淡水。这玩意儿太过简陋，简直就像临时赶工装上去的。

无论如何，我们五个人应该先轮流洗个澡，冲掉身上的汗水和海水味，再换掉这身泳衣——我正这么想着，却发现自己已经洗完澡，换好了衣服。

"咦？"

朝比奈学姐十分震惊地看着自己的手脚，仿佛这身装扮是因为被狐妖施了法一样。

我也赶紧打量起自己。

我穿着开襟衬衫和马甲，下身是系了皮带的束腿裤，头上绑着一条花里胡哨的海盗头巾，这种打扮常常出现在虚构的小说中——在17世纪的加勒比海，许多海盗专挑欧洲各国的商船下手，而打扮成这样的一般都是身份最低微的海盗。

春日的打扮则格外引人注目，她披着一件华丽的刺绣外套，头上戴着印有骷髅的海盗帽，此刻正端坐在桌边最显眼的位置。

"咦？"

朝比奈学姐的困惑不是没有原因的。我们像被按下了快进键一样，不知不觉间已经围坐在了桌子边。接着，一个船员给我们端来了一盘饼干和泡好的红茶。那些饼干硬得像砖头，红茶的味道也有些怪，但总的来说还算美味。

"我问你。"春日问的是一个看似海盗头领的人。他戴着眼罩，笔直地站在桌子旁，"我们在这里要干什么？"

春日用力掰开饼干。

"请先看看这个。"

海盗恭敬地递上一卷羊皮纸。

春日展开羊皮纸，皱起眉头。

"这上面写的是什么？字迹太潦草了，我看不懂。有希，帮我翻译一下！"

长门像一只被投喂了胡桃的小松鼠，啃着双手拿着的饼干。

"……"

她接过羊皮纸，盯着上面，开始念道：

【act.3 环球旅行篇】

"奉女王陛下之名,我等期盼各位忠诚履行使命。**请击溃我国的宿敌——在新大陆海域徘徊的西班牙船只。若你和你们的同伴遭捕或丧命,我国概不负责。此外,这道命令将在阅读后自动消失。**"

就在长门那淡淡的声音落下的一瞬,羊皮纸竟然烧了起来,也不知道是设置了什么机关。

这上面的内容看起来就像是随便拼凑了一些名言,对此我已经懒得吐槽了。

"……"

长门把那张冒着火的羊皮纸轻轻一抛,当羊皮纸落在桌子上时,几乎已经化成了灰烬,简直像是被施了魔法一样。

"原来如此。"春日咔嚓咔嚓地咬着饼干。

"这不就是私掠船嘛。我倒不是想为英国卖命,只是这件事听起来挺刺激的,那就来试试吧。不管怎么说,总比对付鲨鱼有意思吧。"

春日弹了弹自己的海盗帽,又对着空气用力眨了眨眼睛,她的动作无比夸张,好像眨眼时产生了小小的冲击波,连空气都啪的为之一震,她对着不存在于此地的某个人眨着眼睛。

就这样,春日开始了她如假包换的海盗行动,她疯狂袭击每一艘路过的船只,把宝箱里的财宝一扫而空。

她亲自爬上桅杆顶端的瞭望台,用猛禽一般的视力牢牢锁定住敌人的身影,并大喊道:

"发现敌船,冲啊!"

随着这声激昂的口号,船上扬起了一面印有"SOS"和骷髅图案的海盗旗。船员们也齐声呐喊，震耳欲聋的声音在海上回荡，如同使用了扩音器一般。接着，我们的"金羊毛号"（由春日命名）开始孤身向目标商船冲去。

春日本打算采用冲角战法，还好这艘盖伦船没在船头安装那么危险的兵器。最终，我们的船只是轻轻撞上了那些商船的侧面，船员们再用带钩子的绳索将两艘船固定在一起。这帮粗野的水手们高声欢呼，手握刀枪，一个接一个地跃上敌船。

在所有被袭击的船队里，我还隐约看见了几支悬挂着英格兰国旗的船队。但春日根本顾不上这些，为了瞒过敌人，他们甚至不惜对自己人下手，毫不留情地展开无差别攻击。春日他们把船舱里的金银珠宝一扫而空，我们的"金羊毛号"差点因为这些财宝而翻了船。

那些抢来的金银财宝被运到了一座无名岛上，直接堆成了一座小山。照这样下去，这座岛将来一定会被称为"宝岛"。

顺便提一下，春日对金银财宝之外的东西不感兴趣，即使有的船里装满了香料，她也会以占地方为由拒绝带走。当然，她并不会取走敌方船员的性命，还会留下这些船员所需的水和食物。不仅如此，如果有些船只失去了航行能力，春日还会负责把它们拖到附近的港口。这服务态度真是没话说。难怪这几天都没再出现过任何国家的船只，看来我们已经恶名远扬了。

这会儿，春日依旧手握望远镜，站在桅杆的顶端观察着海平线。这可不是船长该做的事，不过我也没什么意见。

完全不参与战斗的朝比奈学姐不是在船上的厨房里就是在食堂里，她忙得不可开交，却完全乐在其中。长门则背靠桅杆坐着，她的手里捧着一本厚重而古老的书。

至于我和古泉，我们这两个无所事事的人只好从船的左舷伸出钓竿，垂下钓线。此时风平浪静，我们的船只在蔚蓝的大海上停滞不前。

恰似我们五个人的现状。

太阳高悬在我们头顶，但干燥的空气让人丝毫不觉得炎热，反而像是开了空调一样舒爽无比。虽然我对这里的季节感到好奇，但想来想去也没什么用，于是我只能盯着那根毫无动静的钓竿发呆。

我们并不是在玩谁先开口谁就输了的游戏，但古泉终于忍不住了。

"钓不到呢。"

确实。感觉根本没戏。

"也许就是因为我们心里总想着钓不上来，才真的钓不到。"

有道理。毕竟我们根本不知道在这个时代的这片海域里究竟能钓到什么。

"对了，我们把饵挂上了吗？我好像没有印象。"

我们虽然拿着两根钓竿，但别说是鱼饵了，我们连钓线上有没有钩子都不确定。仔细想想，我连自己是怎么准备这些钓具的都完全不记得了。

"拉上来看看就知道了。"

是啊。但奇怪的是，我偏偏没这个心情。

"没错。比起亲手去确认，思考各种可能性似乎更能消磨时间。钓竿上到底是有东西还是没东西，这简直就是一种形而上学的思考啊。"

我可以问个问题吗？

"请说。"

"我们到底在做什么？这场乱七八糟的闹剧什么时候才会

结束？"

古泉盯着我，像盯着一只第一次开口说话的鹩哥。

"还有，我们是从什么时候开始这样并排坐着的？"

"这个嘛……"

古泉轻轻地上下晃动钓竿，似乎是在确认鱼的动静。

"自从来到这里之后，我们好像已经很久没有时间感了。"

自从来到这里——我在心里下意识地重复这句话，心中不禁产生一个疑问——

"'这里'指的是哪儿？我们现在身处的这片海吗？"

"不，我是指从一开始。从中世纪的西方幻想世界，到无数的银河帝国，再进入那些伪西部片，包括后来的其他种种，都是这个世界的一部分。"

说完，古泉陷入了思索。没一会儿，他好像明白了什么，点点头继续说道：

"时机差不多成熟了。现在说的话，应该不会有人来打扰我们。"

我思索着古泉这句话，一下子恍然大悟。

"我懂了。之前我曾经有几次对这个世界产生过疑问，但每次都有一种脑袋断电的感觉。"

"就像是思维频道被擅自更改了？"

那种感觉就像是有人强行打断了我脑海中的疑问。

"说到底，记忆本身就不那么可靠。"

我什么也想不起来。每当我试图回忆时，我的大脑中都是一片混沌。

"我们到底是什么时候被丢进这个世界的？"

我隐约记得，高一那年的春天，我遇见了凉宫春日，成立

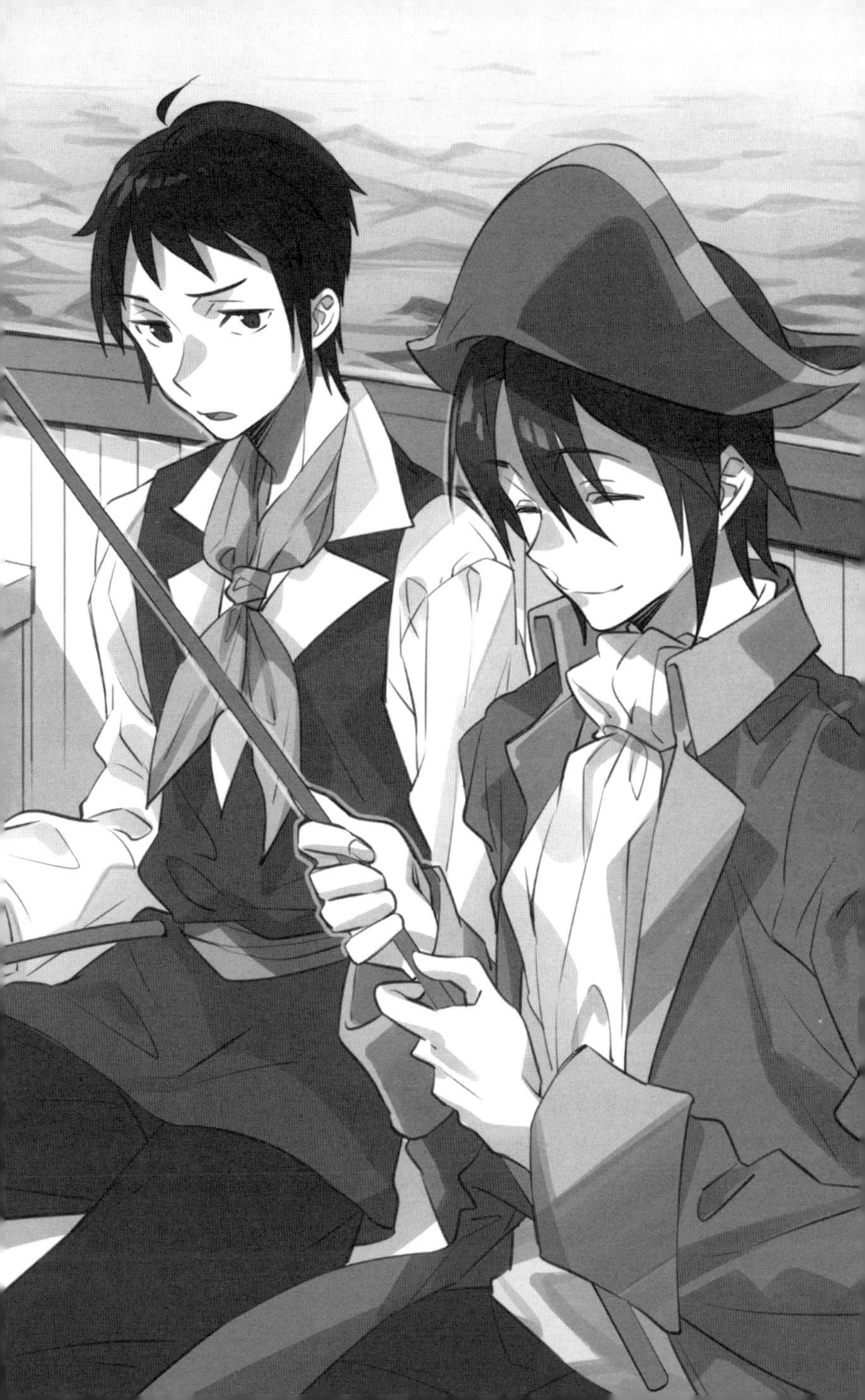

了SOS团，还做了一些我不太愿意回忆起来的事……

但那之后的记忆就像是被一块巨石压着，无论如何也想不起来。这真的很不对劲。夏天似乎也发生过一些事，换上秋装时好像也做了什么，其他的就想不起来了。

不，我对那时候长门戴的帽子和手里拿着的星星棒还留有印象。

"你是说在那个禁酒法时代的酒吧里发生的事？'银辉烈焰'这个名字的确很耳熟，一听就像是凉宫同学会取的名字。"

毕竟，这种脑洞大开的名字一直是她的拿手好戏。

"至于这里究竟是什么地方……"

古泉又露出他"0日元的微笑"（注：自20世纪80年代起，日本麦当劳在菜单上标明"微笑"项目，价格为0日元，以强调对顾客微笑是服务的一部分），继续说道：

"我们先确认一个基本事实吧。"

我抢先说道：

"这个世界不是现实世界。"

古泉一听，笑得更灿烂了，这次的应该涨价到50日元了。

"没错。这里是个虚拟空间，更容易让人理解的说法是虚拟现实，Virtual Reality。"

我不认为我们是整个人都被传送到了异世界，从感官和触觉来看，我们更像是处在一个模拟空间中。最贴切的描述是，这是一款背景CG和物体都制作得极度精细的3D动作RPG。可惜，它的剧情实在叫人不敢恭维，简直可以用哭笑不得来形容。最开始是奇幻故事，一下子又变成了太空歌剧，被扔进了西部片之后又让我们和黑手党玩扑克，这个编剧一定是醉得不轻。

古泉接着说道：

"那么除了我们外，其他人都是游戏管理员准备的NPC吧。"

我回想起船员食堂里的情景。

厨房里只有一个肌肉发达的光头厨师和朝比奈学姐，其他船员则围着各自的桌子，叽叽喳喳地喝酒吃饭。

当同时兼任实习厨师和服务生的朝比奈学姐开始上菜时，那些吵闹的船员立刻安静下来，端正坐姿。等她一走，他们又开始叽喳个不停，完全就像是背景演员。难道他们是被雇来活跃气氛的龙套吗？

再说这些船员，个个都是标准的"路人脸"。他们的面孔实在太过普通，以至于我一转身就忘记了他们长什么样子。

"我测试了一下他们的思维能力。"

难道你做了图灵测试？

"我只问了几个简单的问题。比如，我问他们知不知道东京这个地方，他们都回答不知道。我又问他们有没有兄弟姐妹，他们也回答没有。每个人都是如此。他们既不会反问我东京是什么，也不会问我为什么要问这些问题，他们的回答可以说是一字不差。"

做得真不用心啊。那个经常出现的老爷子和黑帮老大算是例外吗？

"我不断重复提问，最后他们直接不理我了。"

你问了多少次？

"差不多五十次。"

看来NPC也会在游戏中失去耐心啊。问答双方都够辛苦的。

"通过这些，我差不多可以确认，这个世界是个虚拟现实，VR空间。"

我没有异议。问题是，我们为什么会在这里？我完全不记得起因。

古泉竖起两根手指。

"可能性有两种。第一，我们装上了脑机接口，只有意识来到了这个世界，而本体要么失去了意识，要么在沉睡。"

我不记得自己做过这样的事，也没见过有人发明了这么先进的设备的新闻。

"另一种可能是，我们只是本体意识的复制品。"

自称超能力者的古泉脸色微微变了。

"我们已经与本体切断，只有意识被复制了。如果是这样，本体应该还在熟悉的现实中过着正常的生活，而我们不过是复制品，算是本体在意念上的双胞胎。"

也就是说，我们的大脑被全方位扫描并复制，身体被数据化，然后在虚拟空间中重新构建……

就算能完整复制人类的意识，但那可是海量的信息啊！这种东西要存放在哪里？

"也许可以存放在量子计算机的服务器里。"

光想这些也没什么用。

"那这到底是谁的杰作？"

先确认一下，这里会不会是"凉宫神力"所创造的世界？

"在凉宫同学的能力和心理这方面，我可是专家。我可以肯定不是她。"古泉坚定地说道，"毫无疑问，这种事连'机关'都无法做到，甚至根本不像是人类能办到的事。未来人或许有机会，如果真是这样，那朝比奈学姐就是个深藏不露的高手。"

朝比奈学姐也有可能对此一无所知，但我同意这绝不是人类的手笔。如果这个世界真是人类打造的，那也太奇怪了。

"所以，"我开口问道，"我们现在该怎么办？这个VR世界一直在不停地更换舞台,难道我们要无止境地继续这种糟糕透顶的角色扮演吗?"

"如果我们只是虚拟空间里的复制人格,那就只能一直这样下去,除非运行者厌倦了,按下删除键,或是服务器断电。"

那要是我们死在这里了——其实在奇幻篇里已经死过好几次了。

"那我们的意识就会消失,就这么简单。我们的本体依旧会过着日常或非日常的生活。"

古泉又竖起食指,指向自己的额头。

"如果,我们的意识来自本体,而意念接入脑机来到这个世界的话,那我们的身体大概正躺在某张床、沙发或游戏椅上并且失去了意识。那样的话,假设这个世界的我们消失了,本体是安然醒来,还是继续沉睡,或是引发更糟糕的结果,我完全无法判断。"

我觉得这种情况不太可能。

"为什么?"

先不说我和春日,但你、长门和朝比奈学姐要是昏迷不醒,你们背后的人绝对不会坐视不管的。难道超能力者、外星人和未来人都是吃素的吗?

"这倒是。"

古泉用手指拨了拨刘海。

"但如果我们真是复制人格,那可就麻烦了。就像网游里的NPC一样,没有改变世界的能力。"

那可未必。就算春日被完全复制,那无论是复制品也好,分身也好,春日永远都是春日。

"你很信任凉宫同学呢。"

别说得这么肉麻，也别用那种奇怪的眼神看我。我只是陈述事实而已。

"回到正题。"我还是好好扮演推动剧情的人吧，"你说了两种假设，那我们要怎么判断哪个才是正确的？"

"没办法区分。毕竟我们连自己是什么时候来的，怎么来的都不知道。原始人格和其复制品，哪个才是现在的我们，根本无法判断。"

我懂了，搬救兵吧。我转过身，抬起一只手。

"长门，打扰你看书了，你来一下。"

她应该已经搞清了现在的状况。

仿佛是为了躲避日晒，长门一直靠在桅杆边看外国书。她慢慢抬起头。

"……"

长门盯着我看了一秒钟，然后合上书，静静地站起身。身材娇小的她穿着海盗风格的水手服，悄无声息地走到我和古泉身后。

"……"

长门静静地看着我们，如同夜晚的大海一般静谧而深邃。

把长门叫来并不难，难的是我要怎么开口说接下来的话。

坦白说，我有些害怕问长门。万一她给我的是一个让人绝望万分的答案呢？一想到这里，我就陷入了疯狂的纠结。我是不是很没用？你尽管笑我吧。

"我理解你的心情。"古泉说道，"我也一直在期待，也许我们什么都不做就能在某一刻回到现实里。所以我选择了观望。"

我暂时顾不上古泉这番安慰人的话，直截了当地问长门：

"你听到我们刚才说的话了吗？"

【act.3 环球旅行篇】

长门面色微动。我深吸了一口气,继续问道:

"是资讯统合思念体干的吗?"

"不排除这种可能性。"长门淡淡地回答道,面无表情地继续说,"但不是的可能性更大。"

是吗?

"我没有发现统合思念体的痕迹。在这个空间里我能感知到一些微弱的噪声,但和我所知的思念体并不相同。这种感觉以前没有过,难以用语言描述。"

古泉插嘴道:

"这的确不太像是资讯统合思念体的做事风格。"

长门既没有点头,也没有摇头。看来这是个难用人类语言解释的概念。

"对了,那和统合思念体的联系情况呢?"

"我根本感觉不到资讯统合思念体的存在,连接完全断了。"

我不禁感叹,无论面对再大的事,长门总是能如此淡定。

如果这件事的幕后操纵者是长门的上级,说不定还有戏。现在连这份希望也破灭了。

古泉却不像我这么消极,他继续问道:

"长门同学,刚才我提的那两个假设,你觉得哪一个更有可能?"

"……"

长门沉默不语,微微歪了歪头。

这种模棱两可的肢体语言我已经很久没有见过了。

古泉惊讶得睁大了眼睛,他的这种反应更是稀奇。

"难道说,虽然这里不是现实世界,但我们既不是通过脑机接口来的,也不是本体的复制品?"

127

长门点了点头，随即又补充道：

"没有确凿的证据，只是推测。"

她的声音就像在叹气一般，小得几乎听不见。

"我接下来说的都只是我的推测。"长门目不转睛地盯着我，接着说道，"这里并不是计算机的服务器，我们也不是各种存储设备中的数据，而是存在于数据空间中的量子信息。"

"……"

上面这串省略号来自我。难道只有我一个人听不懂长门在说什么吗？

古泉没有迟疑，立刻问道：

"量子化？是指我们现在的状态吗？"

他捏着下巴思索，随后又问道："如果不是在服务器里，那换句话说，生成这个虚拟空间的构造没有实体吗？"

"量子也是实体的一种形态。"长门毫不犹豫地回答。

"啊，原来如此。"

原来如此你个头。根本听不懂你们在说什么。

"抱歉。"古泉对我说完，又转向长门，"长门同学，也就是说，我们既不是原始的意识，也不是意识被复制的虚拟存在，而是量子化的本体吗？"

古泉并没有因为我们不是复制品而松一口气。

我知道他在担心什么。我和古泉不用担心，朝比奈学姐和长门也还说得过去。但是，如果真正的春日就在这里，那可不是闹着玩的。

在这个让人抓狂的神秘空间里，留着春日这样一个拥有真正无边无际神秘力量的定时炸弹，我根本不敢想象会发生什么。一旦春日意识到这里不是现实，她会许下什么愿望，又会做出什么无意识的举动？

就在我思考时，长门又歪了歪头。

"有着肉体的我们存在于现实世界。而现在在这里的我们，正与有着肉体的我们处于量子力学的叠加态。"

古泉愣了一下。

"……量子力学的叠加态？"

他像鹦鹉一样重复道，仿佛只会说这一句话。

长门将头歪了回去，继续小声说道：

"严格来说，不是。是比地球现有的量子科技水平更高维和更多维的。"

"也就是说，和我们所熟悉的量子力学略有不同？"

古泉连连提问，内心的焦虑一览无遗。

"这种认知是最接近的。"

"总之，要想解释我们现在的状况，借用量子论是最合适的，对吧？"

"算不上最合适，只是更接近。"

"明白了。那就当作是类量子吧。"

古泉的嘴角又露出了他一贯的温柔微笑。

"叠加态啊……就是说我们五个人现在的状态是无数可能性中的一种？我们可以存在于任何地方……"

"没有那么多。应该只有两个。Entanglement。"

"量子纠缠？什么和什么纠缠？哦，是指现在的我们和现实中的我们吧。"

"并不完全准确。可以理解为接近那种状态，但我不敢肯定。

还有很多不确定因素，要谨慎判断。"

我在一旁默默地听着这段高深的对话，不禁感到十分心累。

量子力学？量子论？量子纠缠？能不能考虑一下我的脑容量啊？

"所以，这到底是怎么回事？"我忍不住插嘴问道，"现在的我们到底是复制品还是原件？"

"如果按照长门同学的说法……"古泉的眼睛看向远处，"现实世界的我们和这里的我们都是本体，一个最简单的解释就是'分裂'。现实世界的我们就待在现实中，这里的我们是量子数据，被困在了虚拟空间里——我的理解对吗？"

长门轻轻地点了点头。

我懂了，但又没完全懂。除了这里的我们之外，现实中还有另一个我们，而且还都是本体。这种让人难以置信的说法居然是真实的。

这究竟是什么原理？量子化又是什么鬼？

古泉与长门的目光交汇在一起，长门随即转开了视线。

"……"

"真叫人头疼啊。关于量子论，抱歉，这个很难一口气解释清楚……请给我一点时间整理思路，晚点再和你说。"

连长门都要拜托别人来解释，看来事情真的挺复杂。

算了，量子化什么的先放一边，有件事我得先问问长门——

"那么我们现在的这种状态，你的资讯操作能力有办法解决吗？"

长门盯着我，她的眸子就像刚从蚌里取出的黑珍珠。

"我的思考在这受到了限制，应该是被施加了某种负荷。"

难道有人在对长门进行F5攻击？这样一来她就不能发挥她

的专长了？"

"算不上攻击。只是干扰。"

长门依然保持冷静，但我心里的担忧并没有完全消散。毕竟，在这种情况下，长门是我们唯一的希望。而没有未来的未来人、无法使用能力的超能力者，以及处于日本平均水平的一般男高中生，在这里通通派不上用场。

长门似乎觉得解释得不够充分，于是又继续补充道：

"虽然不是主动攻击，但我有一种被扫描的感觉。"

被扫描？Scan吗？那是什么感觉？

"……"

长门突然站了起来，她高举双手，一边从上而下用手比画，一边慢慢蹲下，像是在空气中画出一个透明的长方形。我不禁在脑海中想象，此刻长门的面前有一个无形的长方形空间。

接着，长门站起身，向着她画的长方形迈出一步，然后转头望向我们。

"……"

她用清澈的眼睛盯着我。

"难道刚才的哑剧就是在演示那种被扫描的感觉？"

"不是哑剧。"长门严肃地说，"那种感觉一直存在。"

我还是搞不懂什么叫"那种感觉"，但长门都亲自示范了，我必须心怀感激才行。

我竖起大拇指，说道：

"我大概懂了。嗯……反正就是那种感觉对吧，懂了懂了。"

一旁的古泉一直在憋笑。我不禁叹了口气。

"那你怎么不早点告诉我们？"

"我还在等机会。"

我觉得这句话有点奇怪。"还在等"是什么意思？指的是什么机会？

"逃脱。"

我和古泉对视一眼。一向沉默寡言的长门从什么时候开始变得这么多话了？可惜我失去了大部分的记忆，这个问题问了也是白问。

"能不能具体说说那个机会？"

虽然没能完全看透长门微妙的表情变化，但我多少还是感觉出来了——

"看来不能呢。"

那些把我们扔进这个世界的人多半在暗中监听，提前泄露信息可是大罪。

"长门同学，出于好奇，我有个问题想问你。"

古泉的眼睛闪闪发光，好像一个发现了科学实验的乐趣、从此要立志学习理科的小学生。

"我已经明白这个世界是量子信息空间，但要建造这么大规模的虚拟世界，需要什么样的接口呢？"

"接口不明。"

"那可以举个例子吗？什么样的东西才有可能？"

"由光子构成的准天体规模的量子运算处理系统。"

"那会产生惊人的能耗啊，恐怕得用到戴森球（**注：一种可以包围恒星并捕获其大部分或全部能量输出的巨型假想人造结构**）吧？"

"是的，如果以人类现在的科技来看的话。"

"现在这个世界不在其中，对吗？"

"不明。"

"那类似全息原理（**注：一种再现真实物体的三维图像技术**）？"

"不明。"

一个是宇宙制造的有机人工智能,一个是看起来有些可疑的超能力少年,两人你一句我一句地进行着"学术讨论"。其实,我也有个想问的问题——

"你知道现在是什么时间吗?你有我们来这里之前的记忆吗?有的话就告诉我。"

"模糊。"

连长门都无法给出肯定的回答,看来我们的确身处一个复杂的空间里。

"那在禁酒法时代的那间酒吧里,春日给你戴了一顶帽子,还有那根带星星的棒子,你对这两个东西有印象吗?"

长门沉默了大约三秒,眼睛一眨不眨。

"……电影。"

她的声音就像是从一个干巴巴的水果里挤出的果汁。

是我们所有人去看了一部有这种道具的电影吗?

"我们拍的。"

我们自己拍了一部电影?为什么会拍?不过,这的确是春日会做出来的事。

"大概是……"

尽管长门脸上的表情没有任何变化,但我知道她的大脑正在飞速运转——她的双眼渐渐失去光彩,看向我的目光里竟然没有我自己的身影。

这下有点不妙啊。比起冷静思考,我的本能更先察觉到了自己的失误——

"够了长门,别再想了。"

我急忙在长门眼前挥手。

"……"

来不及了。长门像是定格成了一张照片，失去了所有的机能反应。有人正在攻击和干扰她，而她正在一边与这些抗争，一边潜入心灵的最深处，试图唤醒被操控的记忆。

"糟了！"

挖掘被尘封的记忆本就是个陷阱，那些记忆从一开始就被设下了重重障碍，是无法触及的。所以，我和古泉，还有春日和朝比奈学姐都下意识地避开了。

长门肯定也有类似的意识，她一定有一个避免让自己陷入纠结的开关，没想到却被我的一句话不小心触发了。

在我看来，如果这些记忆总有一天能想起来，那就慢慢来，不用着急。

然而，这种顺其自然的想法在长门身上根本不管用。对于长门来说，那些记忆是真实存在的，也是有可能被想起的。既然存在，就一定能想起来——长门就这样陷入了恶性循环。

这个看似无害的世界里却暗藏致命的陷阱。如果这真是"造物主"的意图，那我们的确中了他的圈套。

真是该死，我们一直沉浸在轻松的气氛，结果放松了警惕。

"长门同学？"

古泉很是担忧，语气也变得严肃起来。

我们不能在这里失去长门。

我抓住长门那穿着水手服的瘦弱肩膀使劲摇晃，但她毫无反应。

拜托了，快点回来啊！

"长门！"

心中的焦虑不断加剧，冷得透心的内脏仿佛要蹿出喉咙似的，令人窒息。

就在这时——

"看到了！是西班牙船！"

春日的声音如同惊雷从天而降，直入耳膜。

她从桅杆顶端的瞭望台上顺着绳索迅速滑下来。不，几乎是直接跳下来的。

"十点钟方向，三艘运输船！没有护航船！"

春日接住空中掉下来的海盗帽，迅速戴上。

"阿虚，有希！你们在发什么呆？"

接着，春日在我们耳边大声喊道：

"全员，进入作战模式！"

她的声音犹如风暴一般席卷了整艘船。

说完，春日向船尾跑去，看来是去拿武器了。

……不，现在不应该管春日。回过神来的我赶紧望向长门。

"……"

她还是像往常一样面无表情地看着我。

我将手从她那瘦小的肩膀上移开。

长门慢慢眨了眨眼。似乎是为了确认自己所站的位置，她又点了点头。

"抱歉，长门。"

"没事。"

长门摇了摇头，一头短发也随之微微摆动。

她低下头，像是在思考一般。

"是我大意了。"她认真地说道。

没想到，春日喊了这么一下，反而化解了危机。那艘西班牙船也出现得正是时候。古泉也如释重负，露出了微笑。

"真是个好坏参半的插曲啊。这么精准的时机，到底是故意安排的，还是纯属巧合呢？"

我也搞不清。不过，看眼下的情形，怕是暂时顾不上这件事了。

我对长门说道：

"我猜，等下我们忙作一团的时候记忆又要被操控了。如果可以的话，长门，你一定要记住刚刚我们的对话。不过，别太勉强自己，适度就好。"

"明白了。"

长门轻轻点头。

"提前启动最高级别警报，始终保持多方面检查，并进行思考。"

长门很少会这样果断地表态。见此情形，我和古泉同时站起身，把手中的钓竿扔进海里。如此一来，钓线上到底有没有鱼饵就成了一个永远的谜团。对于那些我并不感兴趣的事情，这种处理方式或许是最合适的。

就这样，我们三个人加入了准备作战的船员中。

那一刻，我用余光瞥见长门正在查看手里的书，但我顾不上问她为什么要这么做。

此时此刻，我们依旧被某个人玩弄于股掌之中。现在的我是私掠船的一员，任务就是袭击敌方的运输船。于是，我开始奔跑，准备随时加入战斗。

然而，战斗很快以我方失败告终。

"金羊毛号"孤军突进，西班牙船队不但没有逃窜，反而不急不躁地静待我们。当我意识到事情不妙,一切为时已晚——

不知怎的,运输船的外壳突然像爆炸了一样四下飞散,露出了大炮的身影,一艘武装护卫舰随之显现。原来,货船的外表不过是伪装罢了。

如此看来,我们的确是中了圈套。

炮火如同雨点般倾泻而下,春日舰长判断我们已无法撤退,只好下令让我方船只与敌方的旗舰接舷,那些NPC船员则迅速执行命令,并展现出惊人的操船技术。

见我们如此逼近,敌方的僚舰也不敢贸然开火。

在春日的指挥下,船员们怒吼着跳上敌舰。我和古泉则努力阻止想要亲自上船的春日舰长,同时用火枪抵挡敌人。

然而,随着战斗的进行,这场纯粹依靠气势的肉搏战渐渐转向了对我方不利的局面。

敌方的二号舰和三号舰围了上来,对我们的"金羊毛号"发起冲撞之后,西班牙海军的士兵们也手握军刀跳了上来。

我们奋起反击,一度让一艘敌舰损失惨重。尽管最后我们的抵抗未能扭转局势,但那份坚持依旧值得赞许。看着那些曾与我们一同生活的NPC被推入海中,又或是倒在敌人的炮火和刀剑之下,我的心里还是很难受。希望他们下次复活时能去一个更和平的世界,扮演一个普通的路人角色。

敌舰的炮火击中了"金羊毛号"的副桅杆,胜负已然明了。我们逃不掉了。

就在这时,长门灵机一动,她拉开弓弦,接连向敌舰的船帆射出带火的箭矢。至于她是什么时候准备的这些东西,我根本不想深究。敌人见桅杆烧了起来,顿时变得惊慌失措,我们则趁乱逃离了西班牙的护卫舰队。

不可思议的是，海面上突然刮起一阵强劲的顺风，残破的"金羊毛号"在风的推送下，犹如一个滑冰选手，以惊人的速度朝着水平线驶去……

不过，这些都是之前发生的事了。

现在，我们又一次漂流在海上。

自从击退鲨鱼后，这是我们第二次在海上迷失方向。

我们的船只在战斗中损伤严重，其中最致命的是舵出了故障。结果，我们无法控制船驶向何处，一切只能取决于风向。一见我们成功脱逃，风便立刻停了下来。现在的我们的船只只好随波逐流。

NPC船员们也好像人间蒸发了一般消失不见，往日的喧闹一瞬间烟消云散，整艘船几乎变成了一艘幽灵船。

不甘心的春日在船尾的舰长室里打起了盹，朝比奈学姐和长门也不见人影，估计是在食堂里泡茶或是看羊皮纸书吧。

这下，整个甲板都空了出来。我和古泉自在地躺下，仰望起天空。

这时，我突然觉得自己好像忘了什么。

"是什么来着？"

我依稀记得，在我们与西班牙的伪装舰队交火之前，我似乎在思考某件很重要的事。

"我也有同样的感觉。"一旁的古泉附和道，"自从我们上了这艘船，一直到与西班牙船队交战之前，我总觉得和你聊过很重要的事。那绝对不是我的错觉，可我就是想不起来具体是什么。每次都快要想起来了，却又总差那么一点点。"

这种情况在日常生活中也时有发生，明明是十分熟悉的姓名或名称，却无论如何也想不起来。已经掌握的英语单词也一下子忘记了意思。不过,等过一段时间,又会在某个不经意的时刻突然想起来。

"算了,慢慢想吧,总会想起来的。"

我随意翻了个身,发现裤子的口袋里像是有什么东西。我坐起身,掏出口袋里的东西,原来是一张皱巴巴的纸。

"这是什么?"

我摊开那张纸,发现上面写着一段英语。

古泉也坐起身,瞥了一眼我手里的东西:

"这是从长门读的书上撕下来的吧?哦,原来是《圣经》啊。如果是《钦定版圣经》(注:最为通俗易懂的英译版圣经)的话,时代稍微有点对不上,但这一段的确是《约伯记》(注:出自《圣经》旧约)的内容。"

一张看起来像是被匆忙撕下的羊皮纸,竟然在长门的"魔术"下不知不觉塞进了我的口袋。细看之下,几个单词下面还画了下划线,这些下划线十分笔直,像是用尺子画的,而只有这些线条的墨水是新的。

Remember me。

我能看懂这两个单词,但这究竟意味着什么呢?

"应该是'记住我'或是'别忘记我'吧。这句话似乎和我们现在的境况有点关系……"

可我们怎么会忘记长门呢?

古泉猛地抬起头。

"等等,我想起来了。长门读这本书的时候是靠在桅杆那里的。"

他用食指敲了敲自己的额头。

"就在这附近,我们当时在钓鱼。"

一瞬间，我的脑海中响起了电影倒带时的吱吱声，仿佛有人在无形中先按下了暂停键，接着又开始播放。一串慢动作在我脑中上演——搬救兵。呼叫长门。长门合上书，缓缓朝我走来。

"想起来了。"

我紧握着那张写有英文的羊皮纸。

"我们当时在讨论这个世界是什么，还有我们现在的状况，结果聊到一半就跟西班牙船打起来了。"

古泉叹了口气。

"对……我们在聊量子化的事，我也想起来了。看来，我们的记忆毫无疑问是被操控了。"

但我们也没有完全被操控。至于这是不是故意放了我们一马，谁也说不清楚，反正我们都有自我意识。

既然连我都有自我意识，那长门的思维应该更加清晰才对。春日和朝比奈学姐只是在享受着角色扮演的乐趣，朝比奈学姐还好，但我犹豫要不要将真相告诉春日。这件事的背后可能就在于此。

我观察着情况，一边思考是否要继续与长门和古泉聊下去。

"长门去哪儿了？"

当我和古泉同时站起身时，一直缓缓漂流的"金羊毛号"突然冲进了浓雾之中。我们的眼前白茫茫一片，仿佛被一大团烟雾包裹住，就连身边的古泉都几乎看不清了。

这绝对是故意安排的戏码，上次我们击退鲨鱼时，也是出现了这样的大雾，之后才登上了这艘船。

世界又要转动了。这次又有什么样的命运等着我们呢？我紧握着手中的纸片，心中提醒自己不要忘记此刻。

从船尾楼那里传来一阵木门开合的声音。

【act.3 环球旅行篇】

在一片大雾中，三个散发着淡淡微光的人影逐渐显现。

三道身影穿过层层叠叠的浓雾缓缓而来——中间的是春日，长门和朝比奈学姐则伴其左右。

她们的装扮让我和古泉坚信世界又切换了。

"让你们久等了，差不多快要到目的地了。"

我终于看清了春日的脸，她的笑容比平日里更加高傲。

这是希腊长袍吗？在那些以古希腊为背景的影视作品中，人们总是会穿着这样的白色衣袍。这是一件优雅的长裙，轻柔的褶皱仿佛流动的水波一般。从这身装扮来看，三人显然不是普通的城镇姑娘。

春日、长门和朝比奈学姐仿佛散发着圣光般的气息，淡淡的光线勾勒出她们优雅的轮廓。

如果再加上光环和翅膀，那简直就是不折不扣的天使。不过，她们的设定应该不是天使，我想想应该怎么说。

没错，她们是女神。我想不出别的形容词，她们正是女神本尊！

春日眼神犀利地盯着我们，朝比奈学姐则对她的公元前着装连连惊呼"哇"。而看看静静站立的长门，我竟然有种想要跪下膜拜的冲动。

我知道这种反应很奇怪，但我心中的意识早已认定眼前的三个人就是从天而降的女神，神圣的光辉令我感到惶恐，我不由自主地想要俯首称臣。

"这可真是……"

一旁的古泉也开始摇头，看来他也中招了。

朝比奈学姐的装扮实在叫人挪不开眼，如果再多看一会儿，我的眼珠恐怕都要掉出来了。我艰难地从那种神圣的压迫感中抽离出来，转而望向长门。

"……"

我们的目光不期而遇。这位娇小的女神微微颔首，眼神冷静如昔。

Remember me。犹如念诵咒语一般，我在心底反复默念这句话，希望自己不会被这个疯狂世界的法则吞噬。好在我手里还有一小片《圣经》，虽然我无法完全信任一神论，但它的确是我此刻的精神支柱。

环绕在我们四周的浓雾被一阵轻柔的风吹散，视野瞬间变得开阔起来。

碧蓝如洗的天空和海面重新显现，浮云在高空中轻盈飘动。

这时，我隐约感觉到一丝重力变化——船正在加速。

我猛然发觉，桅杆和帆已经不再是盖伦船的样式，耳边还传来了几根硬棒拍打海面的啪啪声。

我俯身向侧边一看，船两边有一排长长的桨杆，正十分有节奏地划动着船只。

古泉一语道破：

"这是三层桨座战船。"

那么，这里多半是古希腊或者古罗马了。

"我们的衣服倒是挺罗马风的。"

话音刚落，古泉身上的衣服竟然变成了形似托加长袍的白布。他的模样像极了油画《恺撒之死》中的元老院议员，我也不例外。

我们的"金羊毛号"从原本破败不堪的盖伦船优雅地"退化"成了一艘三层桨座战船。此刻，它正一路向前行驶，远处隐约可以看见陆地。

转眼间，原本朦胧的景象突然变得异常鲜明，船逐渐靠近海岸，一座宏伟的石筑城池赫然出现在我们眼前。

长门小声说道：

"特洛伊。"

原来如此。这下我搞清楚了这次故事的舞台，春日、长门和朝比奈学姐扮演的角色也不言而喻。不过，我仍然不知道自己该做些什么。我的心中满是不安与焦虑，生怕面对那个最糟糕的可能性。我静下心来，潜入自己的内心深处，还好没有听到"我是帕里斯"的声音，这才松了一口气。

最初的剧本早就变得面目全非，再也无法修正。拯救年轻情侣的任务到底怎么样了？那个任务已经撤回了吗？

我放眼望向海岸，那边似乎并没有码头。

三层桨座战船缓缓靠上海滩，稍微倾斜之后便停了下来。

春日的手掌仿佛闪着光芒，向我轻轻伸来。

我好奇地盯着春日，不知道她为什么要这么做。这时，春日笑着说道：

"发什么呆呢？还不快来当我的护卫！"

我本能地接过她的手。一瞬间，船的左舷竟然像机关盒一样开始变形，化作了一条通往海岸的阶梯。我的背后顿时冒出一阵冷汗。没想到，在古爱琴海的文明中，船只已经具备了变形的功能，这简直堪称神迹。

"我们走吧。"

我像个恭敬的随从一样，一边搀扶春日，一边慢慢走下楼梯。古泉也像我一样，牵着朝比奈学姐的手。走在最后面的是长门，她踏着轻快的步伐，在洁白的沙滩上留下一串串脚印。我已经很久没有踩过地面了，但此刻的我根本顾不上去细细品味这种触感——

在我眼前的是一群身披铠甲、身材健壮的战士。他们手持长矛，面对面地站成了两列，显然是在迎接我们的到来。粗略看去，有好几百人。

这是哪一方？是特洛伊的勇士还是希腊联军的登陆部队？

这时，战士们整齐划一地高举起手中的长矛，并将其交叉成阵。矛尖反射着阳光，仿佛为我们打开了天然的聚光灯，而我们则踩在滚烫的沙子上，一步步迈向远处的城池。

SOS final act. 逃脱篇

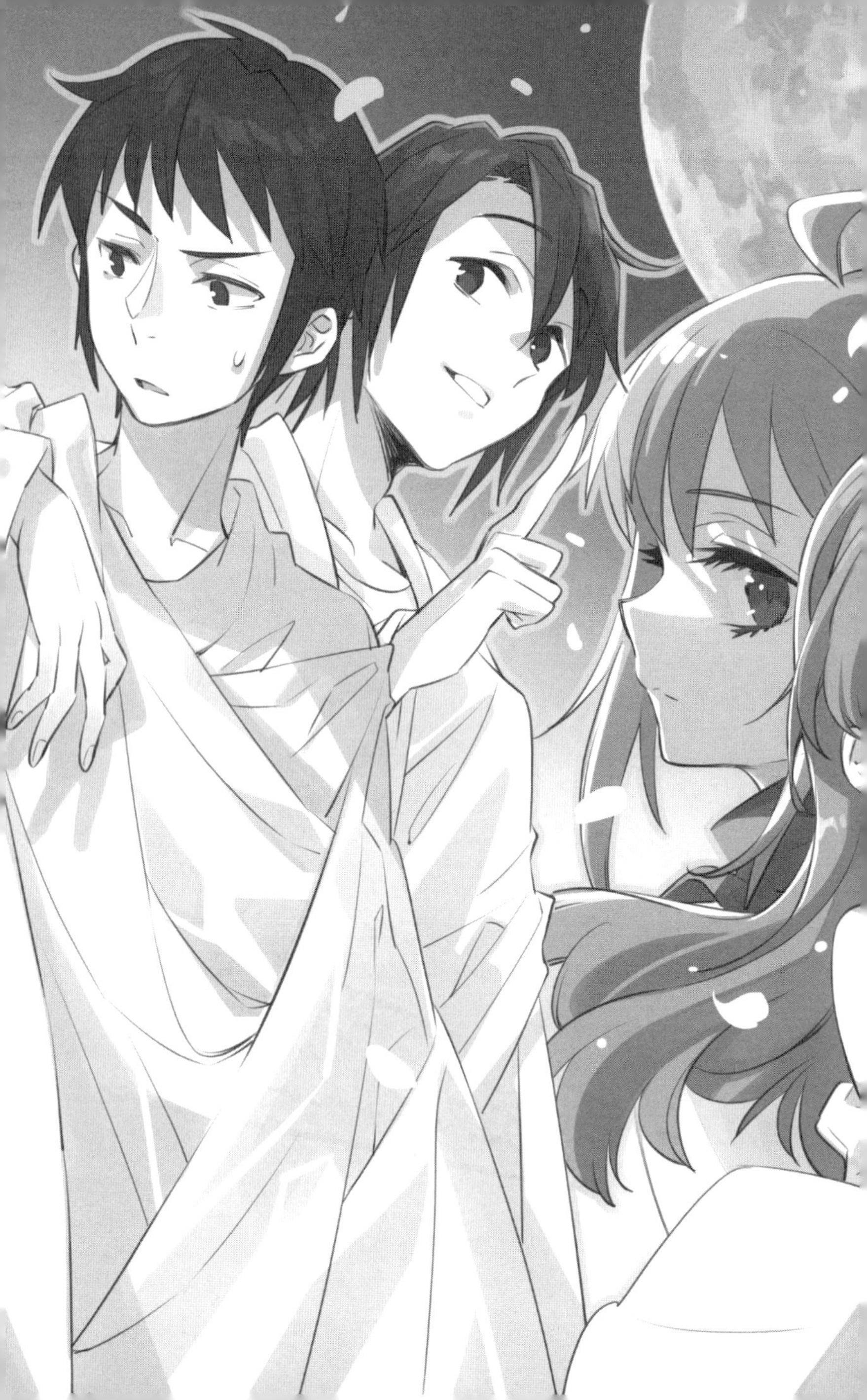

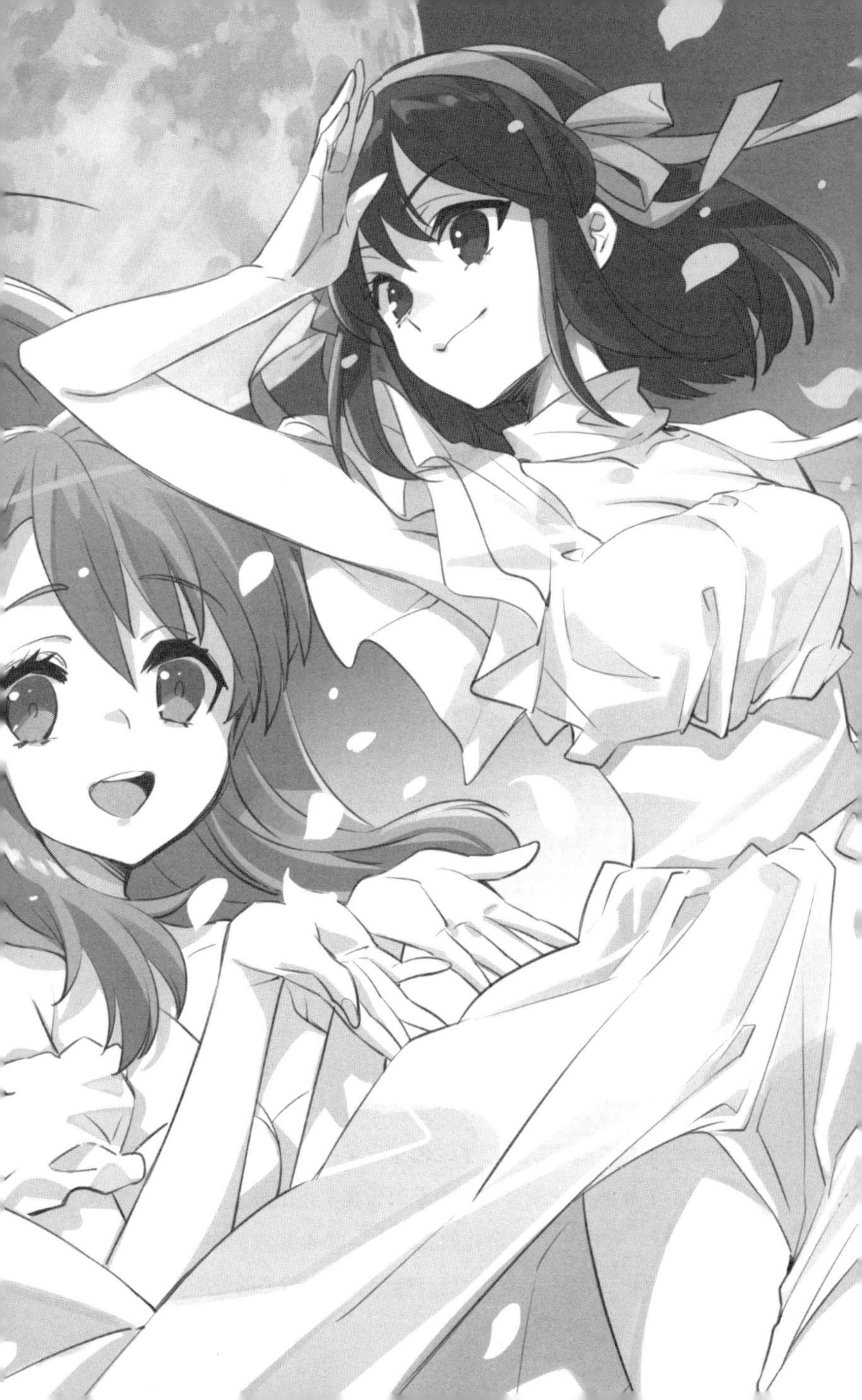

老实说，我完全不记得自己是从何时开始了解特洛伊战争的。虽然这段历史似乎尽人皆知，但我还是简要地叙述一下吧，免得大家连背景都搞不清楚。

特洛伊是一个古老的城邦国家，坐落于爱琴海东面的小亚细亚沿岸。公元前8世纪左右，它曾在希腊诗人荷马的史诗《伊利亚特》中登场，并作为希腊的劲敌而远近闻名。人们曾一直质疑特洛伊城是否真的存在，正因为如此，其遗迹的发现过程也显得格外戏剧化。

据说，特洛伊和处于迈锡尼文明时期的希腊在公元前13世纪发生了激烈的争斗，这场历时十年的战争被称为特洛伊战争，并最终以特洛伊的覆灭而收场。

在神话中，特洛伊战争的导火索是"帕里斯的裁决"，并由战术工具"特洛伊木马"画上句号。现在，"特洛伊木马"早已成为尽人皆知的电脑病毒的代名词。不过，荷马的《伊利亚特》中并没有提到"帕里斯的裁决"和"特洛伊木马"。看来，对当时的希腊人来说，这两个故事早已是家喻户晓，不需要再浪费笔墨来描述了。

这场浩大的战争，竟是由一件微不足道的小事引发的。

掌管纠纷与不和的女神厄里斯因为没有受邀参加奥林匹斯山上的婚礼，心中愤愤不平，便想出了一个主意来报复。她趁乱偷走了赫菲斯托斯打造的金苹果，在苹果上刻下"献给最美的女神"，再将它丢到婚礼的宴席上。果不其然，在场的女神们纷纷声称这个苹果属于自己，随即展开了激烈的争斗。

作为婚礼的主角,新郎新娘此刻的心情可想而知。尤其是来自凡间的新郎佩琉斯,看到这样的场面,估计心脏都要吓出问题了。顺便提一下,佩琉斯与女神忒提斯结婚后生下的孩子正是那位赫赫有名的阿喀琉斯。

围绕苹果的争夺最终落在了赫拉、阿佛洛狄忒和雅典娜三位女神身上。然而,此后的局面依旧无解。为了让争端不再继续,众人决定请众神之王宙斯来裁决,看看谁才有资格拥有这个金苹果。

是宙斯的正妻赫拉,还是掌管爱情与美丽的阿佛洛狄忒,抑或掌管智慧的女神雅典娜?

然而,宙斯实在不敢妄下判断,他觉得无论选谁都会惹出麻烦,于是把这个烫手山芋抛给了特洛伊的年轻王子帕里斯。

我说,在这种场合下,干脆就撒个谎,选个赫拉算了。

帕里斯一定感到很困惑吧,为什么偏偏选中了他来裁决。但这毕竟是众神之王的命令,只能硬着头皮上了。正当特洛伊王子苦恼不已时,三位女神堂而皇之地展开了"贿赂"攻势——赫拉以统治亚洲和无尽的财宝相许,雅典娜则表示要送上战无不胜的力量和掌管所有技艺的智慧,而阿佛洛狄忒要赐予他世界上最美丽的女人。

或许是因为有自知之明,帕里斯最终选择了阿佛洛狄忒。美的女神阿佛洛狄忒喜笑颜开,而王子也顺利得到了世上最美的女人海伦。

如果故事就此结束,这些神明之间有趣的互动我们还能一笑置之,但偏偏有一个大问题——海伦是有夫之妇,她的丈夫是斯巴达王阿伽门农的弟弟墨涅拉奥斯。即便是女神的安排,墨涅拉奥斯也不甘心看着妻子被外人带去特洛伊。墨涅拉奥斯怒不可遏，连他的兄长也火冒三丈。

阿伽门农立即下令在全希腊追捕帕里斯并夺回海伦，其他王侯和英雄也纷纷响应，而他们都是曾向海伦求婚却遭到拒绝的人。

就这样，特洛伊远征军正式组建，一支庞大的军队扬帆起航，直奔爱琴海的特洛伊，战争的号角也随之吹响。

为了争夺一个女人，双方交替进攻，乱战的局面愈演愈烈，而天上的诸神也因各自的理由纷纷站队，使得局势更加错综复杂，僵持不下。在历经了长达九年的苦战后，希腊和特洛伊双方都陷入了厌战的情绪中……

上述这些便是特洛伊战争结束前的大致经过。不过这些故事多是传说，所以在细节上多多少少有些出入。值得一提的是，《伊利亚特》描述的是特洛伊战争中最后五十天左右发生的事。

当然，这一切不过只是传说，真实的历史究竟如何，特洛伊与希腊之间是否真的有过战争，至今仍是一个谜团。

站在这片神话与历史交织的土地上，心中本该生出许多感慨。但细细一想，我好像没什么特别的感慨。

眼前的神话世界不过是某个神秘人物随意复刻的幻影罢了。没错，虚幻的泡影。

迎接我们的似乎是特洛伊阵营。

我们随着那些古老而强壮的战士，一路向城邦深处进发。

穿过厚重的城墙，我们来到了石屋林立的街道，循着指引一直向前走，最后的目的地竟然是一片户外的地方。

我已经做好了心理准备，以为自己会被带去王宫，觐见特洛伊王普里阿摩斯。但一路上的建筑让我明白,我们并不会卷入特洛伊战争。

映入眼帘的是一座白色的石造圆形剧场。

观众席呈扇形,准确地说是半圆形,从这里可以俯瞰前方的舞台。长方形的舞台后方是一面大大的墙壁,这与古希腊、古罗马遗址中现存的建筑颇为相似。

这时,为我们带路的人突然变换了角色,身披铠甲的勇士不见了,取而代之的是一群美人。她们穿着和春日相似的衣装,个个气质非凡,让我甚至有些不敢直视。

其中一位美人微笑的模样像极了美术室里的石膏像,她优雅地引导春日走向贵宾席。朝比奈学姐和长门也有各自专属的接待者,她们美得像是从穆夏的画中走出来的人。

贵宾席位于半圆形观众席的最上层,那里摆放着三把装饰华丽的椅子,每一把都犹如宝座般气派。在美人的引导下,春日坐上了正中间那把最为庄重的宝座,威风凛凛地俯瞰舞台。

朝比奈学姐坐在右侧,长门则乖巧地坐在左侧。

仔细一看,这三把奢华的椅子上各自雕刻着不同图案的浮雕。尤其是春日的宝座,看起来像是特别打造的,它金光闪闪,上面雕刻着赫拉克勒斯挑战十二项任务的场景,周围以百合雕刻为点缀。朝比奈学姐的椅子上雕刻着展翅的白鸽和银莲花,长门的椅子上则雕刻着橄榄树和猫头鹰,它们在向我传递着某种讯息——

没错,我大致明白了春日她们各自被赋予了哪位女神的角色。这样的角色分配实在是恰到好处,想不到在希腊神话中竟然有与她们这般贴合的女神存在,这真是让我大开眼界。

我和古泉完全被这三位宛如女神的SOS团成员迷住了……

哦不，这纯粹是出于兴趣而已。正当我们看得入迷时，一位美人回过头来，优雅地向我俩摆了摆手，她的手指指向长门身旁的一张低矮小桌子。

哦，原来我们这两个非神之身的男人是不需要座椅的啊！

在这里抱怨也没什么意义。于是，我和古泉乖乖地坐在地上，将目光投向剧场的舞台。

这时，舞台边走出一个身穿托加长袍的男人，他在舞台中央停下脚步，向着贵宾席恭敬地鞠了一躬，接着用洪亮的男高音开始演唱。

"听起来像是拉丁语……"

古泉的语气中透着一丝好奇。

我甚至连他唱的是什么语言都不知道，但不知为何，我居然能听懂歌词的意思。

这就好比你在看一部没有字幕的外国电影，脑海中却会自动浮现出一行看不见的字幕一样。不过这也没什么可大惊小怪的，毕竟，无论古今中外，奇幻世界或遥远的未来，我能在每个地方和别人进行顺畅的交流。所以，在脑子里自动翻译拉丁语简直就是小菜一碟。如果在现实里也能拥有这种能力的话，那就太方便了，我的外语成绩肯定也能直线上升。

这位男歌手所唱的内容大致是这样的——

今日，圣洁的伟大女神如晨曦般降临，我等无不心潮激荡，欢喜若狂，简直要沉醉不醒。我们无法用语言传达敬畏与喜悦，也难以将爱意与祝福具现。故此，我们以表演为献礼，恭请您收下那份深厚无尽的礼赞与崇敬。哦，神之女王啊，真爱自泡沫中孕育，永恒的处女啊，请赐予我们万世的繁荣！赐予亚该亚人永劫的烈火！愿诸神之域永享璀璨辉煌！万岁！

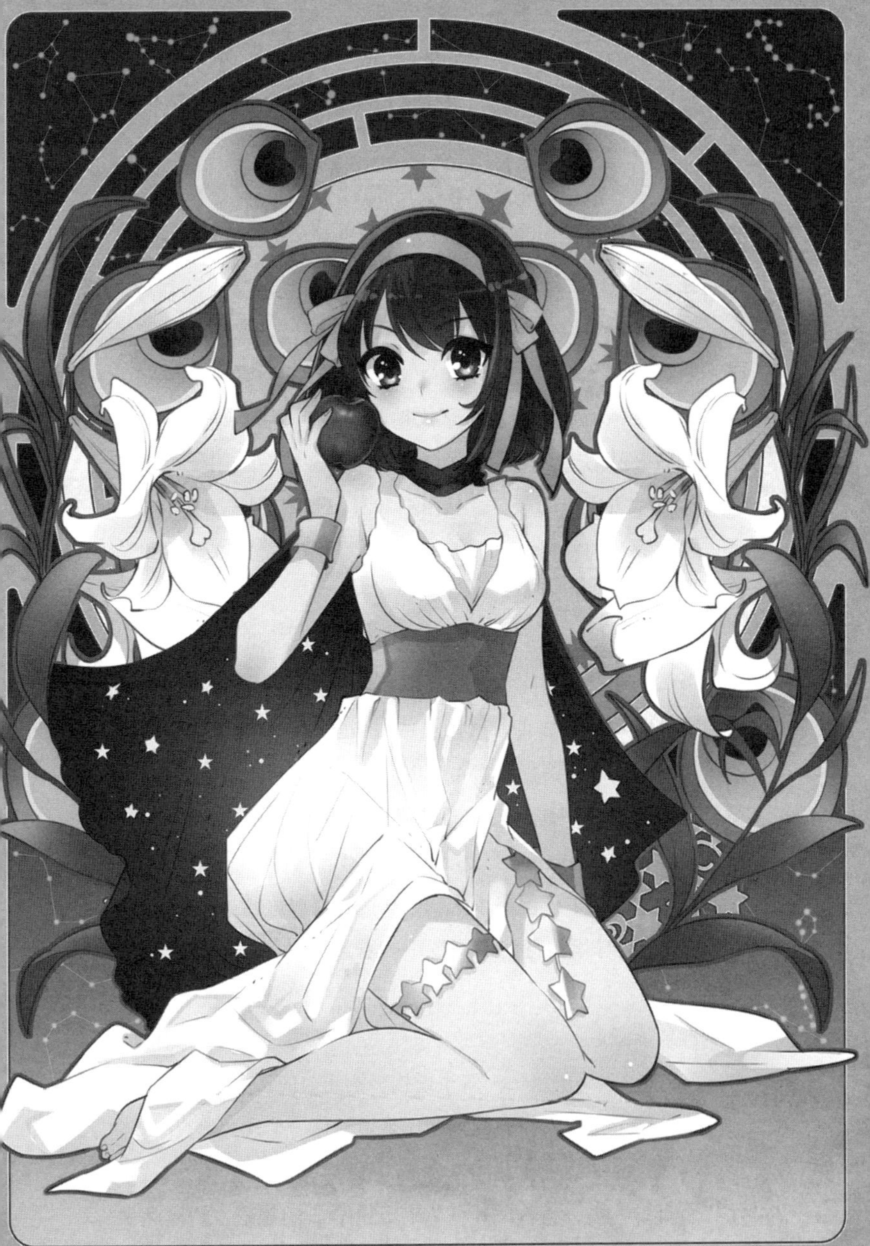

这段歌词听起来宏伟，实则空洞无物。总之，我知道接下来要开始某种表演了。

在这座特洛伊的圆形剧场上，即将上演的究竟是喜剧还是悲剧？我定睛观看，只见一群演员从舞台的两侧如水流般涌现，他们登上舞台，迅速就位。

看来，一场婚礼即将举行。尽管没有旁白，我却能清楚地感知到这一点。

新郎是佩琉斯，新娘是忒提斯。随后，半人马喀戎领头，众多声名显赫的神祇陆续登场。所有人都穿着像是用窗帘缝制而成的古希腊风格的服装，从宙斯和赫拉到阿波罗、阿耳忒弥斯、雅典娜、阿佛洛狄忒、波塞冬，甚至还有普罗米修斯和伽倪墨得斯，场面壮丽无比。

其实很简单，接下来要上演的是特洛伊战争的序幕。

当然，站在舞台上的并不是真正的神明，而是扮演这些神明的演员。至于为什么我能快速认清这些神明，那是因为，这些演员的头顶好像飘浮着看不见的字幕，其中就写着这些名字。不只是角色的名字，就连与之对应的神话传说也一并飞进了我的大脑里。

真是太方便了。但愿未来的电影能发展成这样。

"在那个时代的特洛伊剧场中观看以特洛伊战争为主题的戏剧……"

古泉感慨道。

"多重的虚构层级……双重虚构，不止，应该有三重吧。"

这种复杂得令人抓狂的问题还是留给你一个人去研究吧。

因为，此刻我更在意的是台上的几位演员。

一眼看上去，赫拉的扮演者有几分春日的气质，扮演阿佛

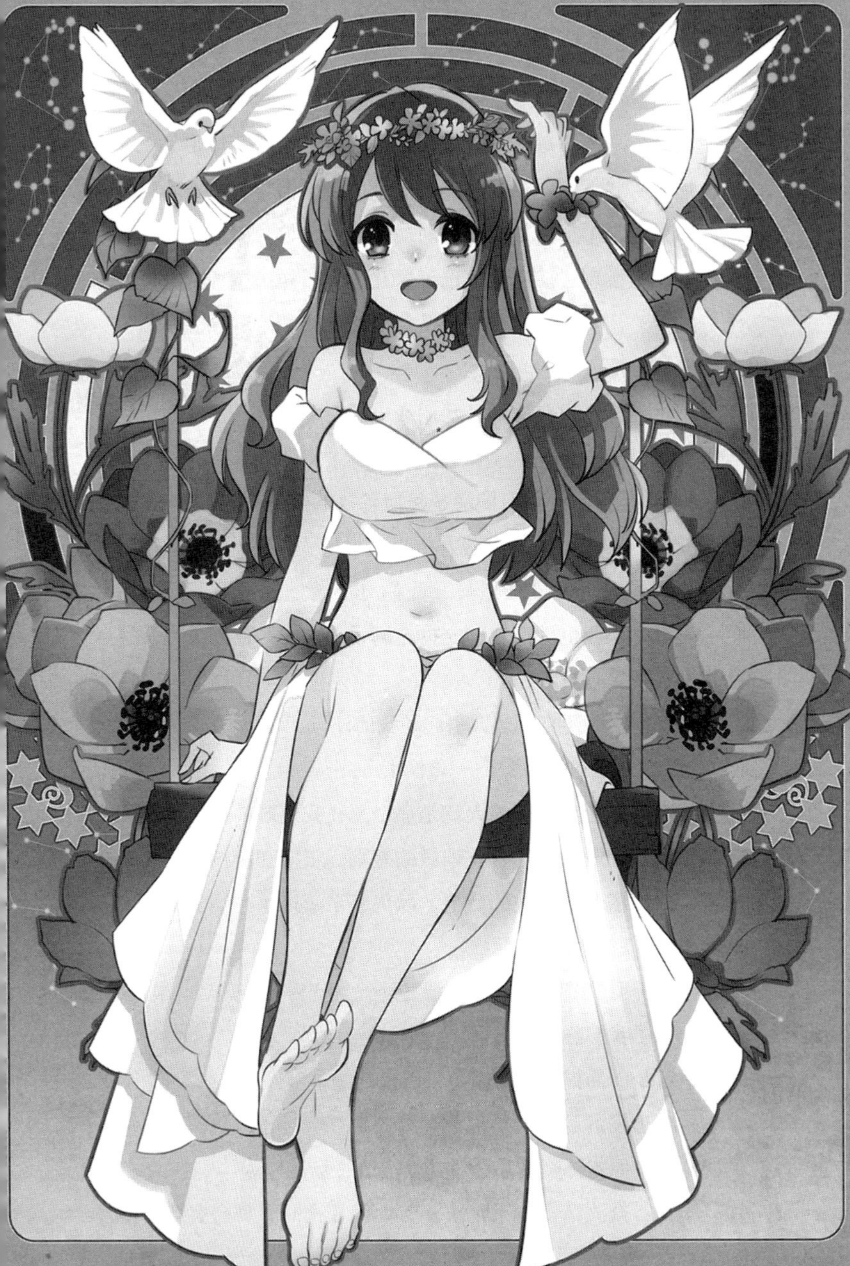

洛狄忒的有点像朝比奈学姐,至于雅典娜则与长门有几分相似。

不过,三位演员看上去就像是把春日她们纵向拉长了,年龄也加了一些。其实一眼就能看出她们是别人,但又有春日她们的影子在其中。这就像是急匆匆地找人代替,但迫于时间紧急,顾不上挑剔,最后只好选了这几个人一样。这种感觉让我十分别扭,甚至有些不爽。如果有一天出现了SOS团的假冒者,我大概就会是这种心情吧。

不过,就算现在的春日她们变成了女神,有必要让演员也长得像她们吗?

"也许是为了让我们搞清楚她们各自的角色。"古泉一边欣赏眼前的古典艺术,一边若有所思地说道,"看来他们是觉得,光靠椅子的设计和象征意义,我们分不清她们扮演了什么角色……总之,我也觉得这种安排充满了恶趣味。还好没有假冒我的人,我放心了。"

谁问你了?还有一个人引起了我的注意。

"那个人是那个老爷子……不对。"

我本以为扮演宙斯的人就是那个总在我们眼前乱晃的老爷子,但细看之下,还是有些细微的差别。宙斯和赫拉端坐在舞台中间,沐浴着周围人的敬慕,风头甚至盖过了主宾。那高傲的样子简直就是春日的翻版。

扮演神明的演员们一度让婚宴的气氛变得十分热烈。很快,故事转入了我们熟悉的剧情。

也就是前面提到的,因苹果引发的纷争事件。

一头黑发的厄里斯扔出金苹果,婚宴会场顿时化作了临时的决斗场,原本热闹的宴会迅速演变为一场混战。

于是,众人请宙斯来裁决。然而就在这时,舞台突然变得

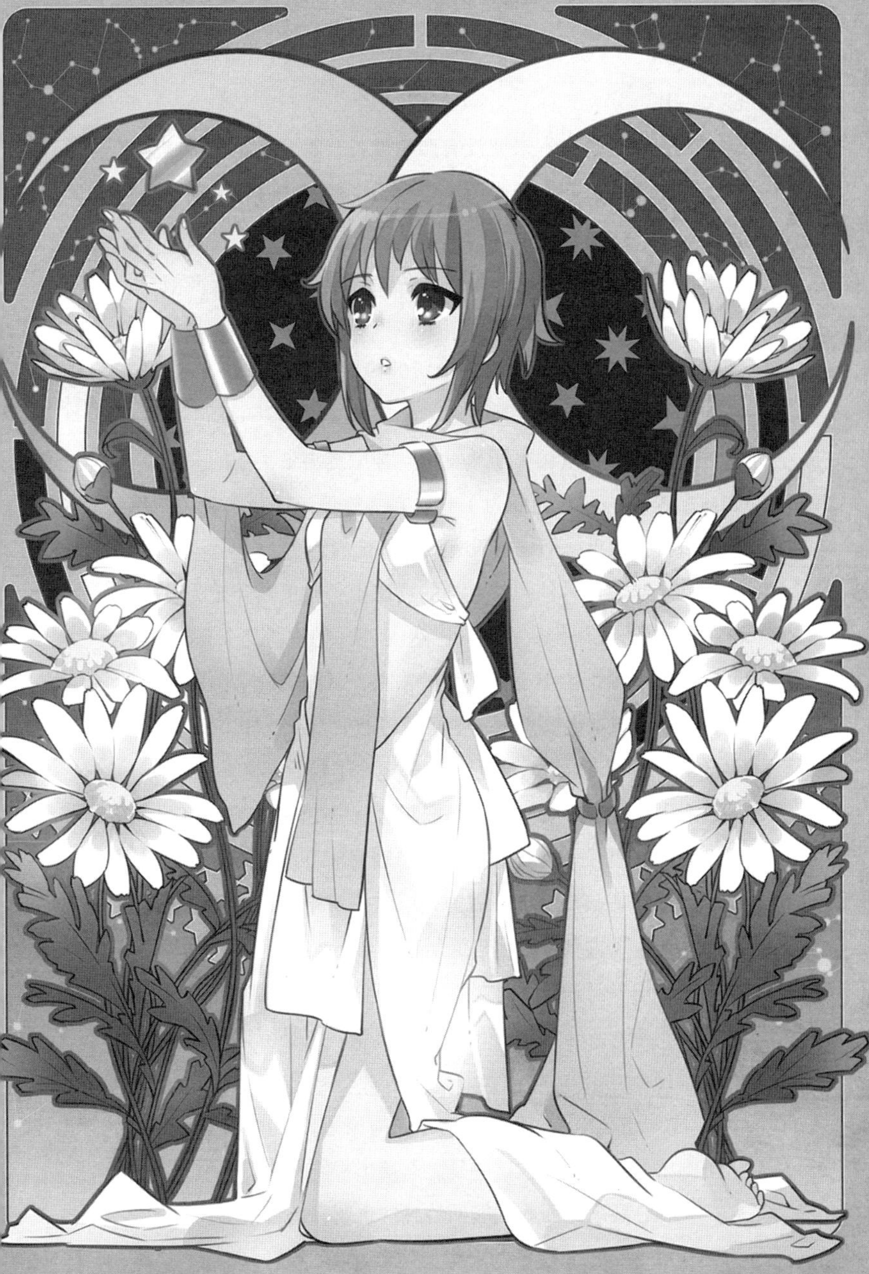

漆黑一片。

我猜你会说，本来就没有照明设备，舞台又是怎么暗下来的？我也想这么问，但眼前就是这么个情况。灯光复明后，舞台变成了一片草原。

仿佛被施加了魔法一般，绿色的草原在风中泛起波浪，一个年轻人正悠闲地追逐着羊群。他就是刚刚得知自己是王族的特洛伊王子帕里斯。这时，宙斯的传旨者赫尔墨斯带着赫拉、雅典娜和阿佛洛狄忒从天而降。

赫尔墨斯逼迫帕里斯从三位女神中选出最美丽的一个。正如前面提到的，女神们为了获胜，纷纷使出浑身解数，最终，阿佛洛狄忒胜出，但她并没有问过海伦的意愿。

就这样，在另外两位女神的愤怒中，帕里斯开始为航海做准备，他要去往海伦所在的斯巴达。其实，帕里斯是个有妇之夫，他的姐姐卡珊德拉担心特洛伊的未来，试图劝说弟弟回头。然而，帕里斯根本无动于衷，他将姐姐的话当成了耳边风。毕竟，美之女神的承诺早已让他把一切都抛在了脑后。

当下一次布景变换时，帕里斯已经身在驶往希腊的船上。

帕里斯组建了一支船队，他们破浪前行，直奔美丽的爱琴海。帕里斯在脑海中憧憬着海伦，这位素未谋面的美人令他心潮澎湃，海风再刺骨，他也无所畏惧。

在帕里斯身边的是他的亲族，特洛伊的英雄埃涅阿斯，他默默地支持着王子那疯狂的计划。没错，正是绑架海伦这桩天大的罪行。

"刚才还是草原，怎么又冒出大海来了，而且组建了船队？这个剧场是怎么回事？这些是怎么搞出来的？"

我满心疑虑，而此刻能回答我的也就只有古泉了。

"看来，这是把古希腊和古罗马的文化搞混了。这出戏剧的台词似乎是拉丁语，我俩穿的也是罗马风的衣服，而凉宫同学她们却是一身希腊风格的装扮。"

古泉面带微笑地说道。

"如果这是一部现代的好莱坞电影，电影的内容是一群罗马演员在罗马帝国的剧场里上演一出以古希腊时期特洛伊战争为主题的戏剧，那一切就很合理了。"

"三重构造的虚构啊。"

现实中的我们在看一部虚构的电影，该电影讲述的是一出基于传说的戏剧，而这场戏剧所依据的传说也是虚实混杂的。那么，真实的部分还剩下几成呢？

"如果也算上身处虚拟空间的我们，那就是四重了，或许在某些情况下，现实中的我们也可能被计算在内。"

古泉环顾四周。

"这个世界的创造者，可能根本分不清纪录片与虚构的区别，估计是参考了一些影视作品来构建这个世界的。"

的确，奇幻篇和科幻篇就是最好的例子，西部题材也十分荒唐。至于禁酒法时代的那次，那简直就像是一部本就糟糕的电影里又混进了一部C级片。

不过，一个是完全再现历史的影像，一个是凭空创作的故事，再由真人来演绎。什么样的脑回路才会把这二者混为一谈？

"如果是对人类历史一无所知的外星人也许就说得通了，因为没有人向他们说清楚这一切，所以他们就搞错了。"

真是这样，那这一切就不是资讯统合思念体搞的鬼。长门的上级不至于对此一无所知。

我看向舞台。漫长的航海过程已经被跳过，帕里斯来到了伯罗奔尼撒半岛，并作为特洛伊的外交使节迈入了斯巴达王宫。

就在这时，饮料和食物被端上了餐桌。

几位侍女模样的美女将盛满各种神秘菜肴的银器一一摆在我们面前。

那黑乎乎的海鲜汤看起来像是用墨鱼汁煮的，而剩下的东西除了一大盘水果之外，其他的就难以辨认了。至于那些菜是用了什么肉，怎么烹调的，鱼又是什么鱼，加了什么调味料，我真的完全猜不出来。

不过，既然这里是计算机服务器，那吃下去应该不会拉肚子吧……

"计算机服务器？"

嗯？原来如此，我一下就想起来了。看来这种事并不会那么轻易忘掉。

"我们并不是在服务器里，对吧？"

古泉似乎也想了起来，他手握银杯，脸上挂着从容的微笑。我的面前也放着同样的杯子，里面装的是一种黏稠的果汁，味道有点像桃子，又带着一丝柑橘的酸味。

"莫非这就是琼浆玉液？"

谁知道呢。只要不是酒就行。

我转头看向春日那边，发现她们三人也正享用着各式菜肴和那种神秘饮料。不过，由于没有桌子，侍女们跪在地上，用手端着盘子和杯子。

春日目不转睛地盯着舞台，不时叉一口食物放进嘴里。朝比奈学姐则小心翼翼地尝了一口杯子里的东西，发出"哇"的惊呼声。

再看长门，她正专注地盯着我们。

我把水果拼盘里的一个小果子塞进嘴里,然后给长门比了个手势。

这个手势虽然是我突发奇想的,但作为SOS团的情报员,长门肯定能领会我的意思。

"……"

长门悄无声息地站起身,一步一步地慢慢走向我们的桌子,然后在我的身边坐了下来。她仿佛被光芒环绕,当她靠近我时,我感受到一股难以抵挡的神圣气息。这种奇妙的感受连我自己都难以表述清楚。

长门刚一坐下,一旁的侍女NPC便立刻端来了银杯。长门接过杯子轻轻一瞥,侍女便悄然退下了。

剩下的侍女们在远处待命,春日和朝比奈学姐则完全沉迷在表演和美食中。这下,SOS团"案件解决小组"的三个人终于可以继续开展秘密交流了。

古泉向前探出身子,郑重其事地说道:

"长门同学,你知道怎么逃脱了吗?请尽快告诉我们。"

长门眨了一下眼睛,说道:

"在此之前,要谈谈量子化。"

"你是让我解释它吗?"

古泉皱了皱眉,长门则冷冷地答道:

"理解得越透彻,未来的行动计划就越能顺利实施。"

"看来是非说不可啊。"

古泉叹了口气,摊开双手说道:

"那我们先复习一下目前较为有力的假设。按照长门同学的说法,这个世界实际上是一个没有实体的虚拟空间。而我们则是以量子化信息的形式存在的数据人。"

大致是这样的。

"另外，我们SOS的五个人，因为某种原因分裂成了现实中的我们和这里的我们……目前只能这么说了。"

长门都这么说了，那肯定比我的直觉要靠谱。

"这两点看起来非常关键，请务必牢牢记住。那么，虽然我学识不深，但这里也没有其他合适的人选了，所以就由我来担任解说的角色。但在此之前，我必须先说明一件事。"

古泉的目光落在了长门身上。

"长门同学的观点是，我们接下来要讨论的东西，和人类目前所了解的量子论及量子力学的法则略有不同，或许可以称之为超量子论或扩展量子力学。但鉴于我无法理解，所以在这里，我将其视为普通的量子论来理解，这样可以吗？"

长门轻轻点了点头。

古泉拿起那杯浓稠的果汁喝了一口。

"还有，必须承认的是，我对量子论本身就没有做到完全理解。更准确地说，我根本不理解这门学科，它有着各种不同的解读和理论，实在是错综复杂。所以，我接下来说的话，大家也可以抱着质疑的态度去倾听。"

这铺垫也太长了。

"首先我必须强调，想要简洁明了地解释量子论几乎是不可能的。"

古泉还在愉快地作着铺垫。

"不过我还是会尽量让大家弄明白，虽然有些地方可能会说错或是理解错。请大家不要问我'这种事是怎么做到的'，也不要问我'这是为什么'，更不要说'这也太难以置信了'之类的话。"

长门是不会说这些话的,这家伙显然是想堵住我的嘴。在被戴上"封嘴"口罩之前,我还是抓紧问一个问题吧。

"量子论和量子力学之间有什么区别?"

"如果非要说的话,量子论是对量子进行概括性描述,量子力学则是更加专业和深入的研究。眼下你可以把它们看作一个东西,因为我也是这么理解的。"

OK,明白了,虽然还是很懵,但就先这样吧。继续说吧。

"那么,我就大概地讲解一下。"古泉坐直了身子,继续说道,"量子具有波动性,同时也是可以量化的粒子。这种特质叫作波粒二象性。"

这个概念我好像在哪里听过。

"拿身边的东西来举例的话,光和电子就都具有波粒二象性。双缝干涉实验可以轻松证明这二者就是波。"

波是什么?

"这里说的波是指电磁波和频率等。众所周知,波本身并没有实体。观察大海和水面产生的水面波,声波和地震波等,你会发现,波是一种在介质中传播的振动现象,也就是波动。"

原来如此。

"再来说粒子,虽然它小得无法想象,却确确实实是有实体的。比如,我们的人体是由碳、氧和氢等原子构成的,而构成原子核的质子和中子就是粒子。更小的夸克也被明确认定为基本粒子。"

暂时都还能听懂。

"也就是说,波和粒子是两个不同的概念。既然如此,为什么光和电子既是波,也是粒子呢?"

嗯嗯。

"当我们将其作为波去观测时，它就会表现出波的性质，而将其作为粒子去观测时，又会呈现出粒子的性质。这种现象确实让人觉得难以置信，但却是铁一般的事实，是经过明确的观测后得到的结果。"

我刚想问为什么会这样，话到嘴边又咽了下去。

古泉微笑着说道：

"没办法，这就是事实。你的任何疑问，不妨先当作把它们放到真空袋里，暂时冷冻起来吧。如果你不坚信这些事实，接下来的一切也就无从谈起了。其实，连我这个负责解说的人也不敢说自己全部理解了。有个著名的量子物理学家因为思考得太深，甚至悟出了量子力学和佛教中'色即是空'的思想有相似之处。"

真厉害啊。

"我自己看量子论的书籍时，总希望那些解释能更通俗易懂一些，但当我自己变成解说者的时候，我才意识到，量子力学和简单易懂的解释本身就处于对立的位置。"

说完，古泉将视线投向长门，似乎是想换个人来讲解。然而，这位身材娇小却散发着雅典娜神性的有机机器人此刻正机械地用银签叉着葡萄吃。

古泉叹了口气。

"接下来，我再讲一下量子的叠加。按照长门同学的说法，这里的我们和现实中有着肉体的我们处于量子力学的叠加态。那这究竟意味着什么呢？"

他抬起头，思考了片刻后继续说道：

"我们以电子为例。电子自旋向上和向下的概率各为50%，只有在观测时才能知道它是向上还是向下。"

自旋是什么？

"就是角动量。你就理解成量子是会朝着不同方向旋转的就行了。如果还想不明白，你就把向上和向下换成顺时针和逆时针，或者换成正与负。"

看来，选修课我还是别选物理了。

"我们假设，观测的结果为自旋向上，那么问题来了——以我们的经验直觉来看，电子自旋在一开始就已经确定是向上或向下，而观测只是为了确认它的状态。但在量子世界中，情况却完全不同。"

让我来听听到底有什么不同。

"在被观测之前，电子处于一种无法确定的状态，既可能向上也可能向下。在观测的一瞬间，它的状态就会以50%的概率坍缩为向上或向下。也就是说，在观测之前，它的状态是模糊的，它既是向上的，又是向下的，但一旦被观测，它的状态就只会是向上或向下。"

这是谁定的？

"没有人决定。这完全是由数学上的概率决定的。"

古泉从银器里拿出一颗橄榄，在桌上轻轻一滚。

"假设，我们掷了一颗骰子，在它滚动时用一个罐子把它盖住，直到它停止转动。此时，在打开罐子查看之前，这颗骰子要么是奇数，要么是偶数。然而，在量子力学的世界里，在打开罐子之前，骰子会一直不停地转动，直到有人观测时才会停止。"

开什么玩笑？我咬紧牙关，将这句话憋回了肚子里。

"以上的例子是关于动量的，如果放在空间里讨论，情况也是一样的。假设，我们把一个电子放进一个看不见内部的盒子里，然后在盒子中间放一个隔板，将盒子一分为二。此时，电子以波的形式同时存在于两个盒子里，而非左右中的任何一个。当我们打开盖子进行观测的一瞬间，电子必然以粒子的形式出现在左边或右边。在此之前，它确实是同时存在于两个箱子里的。"

我真的很想说"实在难以置信"，但我还是忍住了。

"这就是量子的叠加态。以此为基础理论，接下来我要说的是量子纠缠现象，这才是重点。"

我的脑袋快要炸了。

"爱因斯坦的著名公式$E=mc^2$告诉我们，能量和物质是等价的。因此，能量可以产生拥有质量的物质。举例来说，基本粒子夸克在某种能量的作用下产生，此时产生的夸克并不是单独一个，而是一对，即夸克与反夸克。"

我好像懂了，又好像没懂。

"以此为参考，先不谈具体怎么做，我们在一个量子中同时生成两个电子。这样一来，根据角动量守恒定律，这两个电子的自旋方向会互为反向。"

听上去确实如此。

"观测结果必定为一个向上，另一个向下。"

似乎是这么回事。

"我们称这两个电子为电子A和电子B吧。"

嗯，我没有异议。

"我再强调一遍，无论电子A和B哪一个向上自旋，那么另一个必然是向下自旋。两个电子不会朝着同一个方向自旋。如果A向上则B向下，反之A向下则B向上。"

暂时还能听明白。

"我们先不对这两个电子进行观测,而是将它们一个留在身边,一个送到我们的另一边——巴西。接着,当我们对电子A进行观测时,结果会是50%的概率向上或向下自旋。假设此次观测的结果为电子A向上自旋,那么,巴西的电子B就会向下自旋。"

是、是这么回事。

"然而,就像我刚才所说,电子的自旋方向并不是一开始就确定的,而是在观测的一瞬间由纯粹的概率决定。换句话说,观测的结果也有可能是电子A向下自旋,这时,电子B则自动变为向上自旋。问题是……"

问题是?

"问题是,巴西的电子B是如何得知电子A被观测了呢?正如我前面提到的,作为一个单电子,无论电子A还是电子B,它们都有50%的概率向上或向下自旋。但现在,电子B仿佛知道电子A的观测结果是向上自旋,为了保证两个电子的自旋方向互为反向,它自觉地选择了向下自旋。"

我很想提出我的疑问,但又不知道该怎么说出口。

"即使不把电子B送去巴西,而是送去银河的另一边,依然会得到同样的结果。也就是说,无论相隔多远,这两个量子为一个整体,它们总会'纠缠'在一起,形成一种不可分割的状态。这种现象被称为量子纠缠。"

就是长门在船上提到的内容吗?

"我们只能认为,两个电子之间的信息传递已经超越了光速。只要一方被观测,无论二者相隔多远,另一方的状态都会瞬间被决定。这一现象违反了相对论,爱因斯坦对此深感不满,这也成为科学史上著名的一大事件。"

仔细想想，连相对论我都没能完全理解呢。

"我们把这两个互相纠缠的量子称为'EPR对'。顺便提一句，'EPR'是当时对量子论提出疑问的三位科学家的名字的首字母，'E'自然就是爱因斯坦啦。"

这个命名厉害了，这不是明晃晃的讽刺吗？

"差不多就是这些，不知道你听懂了没有。量子叠加和量子纠缠是今后讨论的重中之重，无论如何，你都要想办法记住它们。"

那你倒是用一个更通俗易懂的例子来解释啊。

"如果只有一个人在脑子里琢磨着各种事情，这没问题，但如果是两个人彼此争论，他们之间就会产生纠葛，差不多就是这种感觉。"

长门终于开口了："这个比喻不恰当。"

古泉耸了耸肩说道：

"我大概就说这么多吧，其他的还有不确定性原理、时间对称性、薛定谔的猫和费曼理论等等，全部说的话就没完没了了。以现在的状况来看，我们并不需要了解这些，所以我先不提了。"

意思是，你上面说的这些足够解释我们现在的处境了吗？

"是这样的。我没说错吧，长门同学？"

"没错。"

"那么，有了上面的说明，我们来进一步思考一下，现在的我们到底算是什么呢？接下来是应用篇。"

看来，长门研讨小组的古泉老师还要继续给我讲课。

我将目光转向舞台——此时，在斯巴达王国的迎宾馆里，墨涅拉奥斯与海伦夫妇正盛情迎接从特洛伊远道而来的帕里斯一行人，场面十分盛大。

墨涅拉奥斯不久后会面临妻子绝世美女海伦被拐跑的悲剧，我看见两人的那一刻，稍稍愣了一下，随即什么都懂了。

"原来如此。"

一会儿是奇幻世界中被魔王掳走的王子与公主，一会儿是被宇宙海盗绑架的银河帝国的王子与公主，一会儿又是美国西部被恶棍挟持作人质的牧场主的儿子与儿媳。没错，眼前的这两个人就是那对动不动就被绑架的男女。

之前，他们的外貌总是给人一种模糊不清的感觉，但在这场戏剧里，两人却被设定成了英俊美男与绝世美女。

有些迷糊的墨涅拉奥斯身边站着美男子帕里斯与海伦，在美之女神的设计下，海伦对帕里斯一见倾心，两人目光交会时，庄严的音乐将这场命运般的相遇渲染出浓烈的戏剧氛围。

我听着耳边无形的管弦乐演奏，同时将视线转向宝座。春日和朝比奈学姐似乎正一边沉浸在无尽的美食盛宴中，一边优雅地欣赏台上的表演。

这时，我感受到长门的视线，于是看向她。

"……"

长门也在注视着春日和朝比奈学姐。不，严格地说，她只注视着春日。

长门平静的表情中隐隐透着一丝焦虑。我正这么想着，长门像是察觉到了我的目光，随即移开了她那双冷漠的眼睛。

奇怪，长门看向春日的眼神究竟意味着什么呢？

"好了各位。"

古泉说出了一句名侦探在召集所有事件相关人员时会说的台词。

"这里的我们究竟是什么？这个世界又是什么？为什么我们会出现在这里？我们一起来探讨一下吧。"

听他这口气，似乎早就有了答案。

古泉若无其事地向长门投去目光，似乎并不在意长门没有看向自己。

"在海盗船的甲板上，长门同学推测这里是虚拟空间，而我们是量子化的实体的一部分，之后我就一直在思考她的话。"

说起来，古泉你是什么时候意识到这里不是现实，而是虚拟世界的？你居然能一直保持记忆。

"嗯。在奇幻世界时，我就觉得一切都很不自然，所以一直在心中保持着疑问。只要我将思绪集中在某件事上，其他的不敢说，至少在这件事上我能避免被别人操控记忆。当然，它们也会时不时地从我的脑海里飘走，所以我需要将其努力回忆起来。"

古泉又像个主持人似的说道：

"那么，请长门同学先说一句。"

长门淡淡地回应：

"我认为，我们在现实中的某一刻，与处于量子状态的某种虚拟粒子发生了碰撞。"

……古泉，快帮我翻译一下。

古泉一手从水果盘中抓起一个苹果，一手握着银刀。

"我猜，一个同时包含了两个因子的虚拟粒子撞上了我们SOS团的五个人。我们每个人都与那个虚拟粒子相互作用，经量子化之后，我们分裂成了两组个体。"

古泉把苹果啪地切成两半。

"那么，现实中的我们和在这里的我们既是叠加状态，同时又是EPR对的关系。这就是长门同学想表达的意思。"

长门的头微微晃了晃，像是在点头。

"呃……"我思考着，"这么离谱的东西，估计……"

"如果不是统合思念体的话，那应该就是其他宇宙里的存在吧。毕竟，宇宙是无边无际的。"

话虽如此，但我真的不愿意想象银河系里有一堆看不见的神秘之物在到处晃来晃去。这种麻烦事还是越少越好。

"那么。"我继续问道，"那两个因子是什么？"

古泉突然抬起头，四下打量了一番。

"大家试着回想一下我们遇到的各种状况。奇幻RPG、银河巡警、西部牛仔片、大战食人鲨、大航海时代的海盗传奇，还有神话中的特洛伊战争……"

这些故事背景好像全在电视、漫画和书里见过。

"这就是答案。"

古泉摆弄着一分为二的苹果，继续说道：

"如果用一个词来形容就是'虚构'，fiction。换句话说，我们身处一个故事之中。"

果不其然，如果这是外星生物仿照人类的故事所创造的世界，那些奇奇怪怪的、偏离正轨的情节也就不奇怪了。

我叹了口气，无奈地说了一句：

"要真是这样，那还不如跑去那些我喜欢的经典漫画里呢。"

古泉拿起其中半个苹果，说道：

"由此可以知道，那两个让我们相互作用的因子究竟是什么——我们的一半留在现实里，而现在的我们身处于虚拟世界，也就是'现实：虚构'，即半现实半虚构的一种虚拟粒子。"

但是，你说的现实和虚构都只是概念吧？这两种东西真的可以实现物理上的碰撞吗？

"概念的量子化。"

长门面不改色地说道。

"概念量子。不是没有可能。"

"并且，与'现实：虚构'中的'现实'相互作用的我们，依然留在现实中，而与'虚构'相互作用的我们便成了虚构的存在，出现在这里。"

古泉把一切为二的苹果重新拼在一起，放回了盘子中。你倒是吃啊。

"现实中的我们和这里的我们处于量子纠缠的状态。我们并没有与现实完全切断联系，反而是紧紧相连的。"

古泉轻轻扬起嘴角，露出一个微笑：

"我认为，我们逃离这里的线索就暗藏在其中。"

"就算你说的是对的，然后呢？先不管到底是什么样的家伙干了这件事，难道那个家伙构建了一个如此庞大的世界，就是为了把虚构化的我们关在里面吗？"

"目前看来确实是这样。"

"可是……"我盯着自己的手掌看了又看。

"这身体要说是虚构的，乍一看还真看不出来。"

"这不是普通的虚构，而是一种有实体的虚构。简单来说，构成我们身体的既是原子也是量子，就算说我们从头到脚都由量子构成也不为过。"

你这么说就有点太夸张了。

"按照纯粹的概率论推算，如果我们昨天还在现实世界里，那今天继续待在现实世界的可能性是非常高的。但是，我们不能排除有一种微乎其微的可能性，那就是今天的我们存在于虚拟空间。这种情况发生的概率并不是零。"

不对吧？你这听起来就像是在诡辩。

"即便概率无限趋近于零，但只要不是零，我们就可以认为它是有可能的。只不过在自然现象中，这样的概率大约只有一百亿分之一。"

既然如此趋近于零，那还不如直接看作零，否则不就没完没了了吗？再说，这种虚拟空间存在于地球的哪里？有的话也得是超高级别的超级量子计算机服务器……

……也不是，其实眼前就有一个。

"接口不明。"

长门重复着她曾经说过的话。

先不管这事。我还有别的疑问——

"单单复制人格，再把它转移到虚拟空间，这样不行吗？我感觉这种方法要简单得多。"

"仅仅复制意念可能没什么意义。"

古泉用手里的刀削着苹果皮，一边说道：

"或许，人类的意识是离不开肉体的。除了大脑之外，身体的其他部位也可能承载着意识。"

古泉望向长门，那位小巧的文艺社少女正像松鼠一样啃着橄榄。

"如果想在虚拟空间中重现意识，那仅仅复制意识是不够的，还得有身体的信息。"

真是因为这个理由吗？

"如果真是因为这样的话，那现在在这里的我们就是一个答案。"

我学着长门的样子,随手拿起一颗橄榄放进嘴里,结果一瞬间就后悔了,这玩意儿简直酸得要命。

"此时此刻的我们身处一个虚拟空间,却依然拥有肉体。这听起来有些矛盾,但如果我们的肉体也一同被量子化了,那就能解释得通了。而且,这里似乎并不是我们所认为的那种计算机服务器上的虚拟空间,倒更像是异空间。"

为了缓解刚才的酸味,我接过古泉递来的削了皮的苹果。我咬了一口,这苹果甜得像蜜!

"如果能办到这些事,那说明那群身份不明的家伙已经掌握了远超人类水平的量子技术,能在一定程度上操控量子。"

古泉一边嚼着枣干,一边继续说道:

"这是一种相当随意的分裂现象。我们只能以概率描述量子,但这帮家伙却利用量子技术做到了这样的事。"

总之,关于这帮家伙是如何做到这些的,我多少有点了解了。剩下的就是原因了。

"那么,那帮家伙为什么把我们关在这种地方,还逼着我们演这种低级戏码呢?"

"这点我也完全想不明白。但我有一种感觉,这可能是某种实验,想看看我们SOS团的五个人在不同状况下会有什么样的反应……长门同学,你觉得呢?"

"目的不明。"

长门静静地啜饮着杯中的饮料,口中说的话却十分清晰。

"我唯一能感觉到的是,我们正在被观察。"

你怎么知道?

"就是我平常做的那些。我能感觉到气息。"

【final act: 逃脱篇】

就在我四处找寻那些隐匿的"监视摄像头"时,古泉继续说道:

"或者,那帮家伙的目的是消除我们原本的意识,让我们完全融入角色扮演之中。之所以准备这么多情境,可能是在测试我们最适合哪种世界观。"

换句话说,如果任由事态发展,我们就会化身为别人,永远在某个预设的故事中扮演角色。

在被迫进行角色扮演的过程里,我们真的会变成角色本身。也许,随着我们在不同的世界穿梭,最终能找到一个和我们五个人的思维完美契合的世界。

这样一来,我们就再也无法回到现实中去。看来,真的不能再掉以轻心了,我可不想把这个根本不会结束的游戏一直玩下去。

"赶紧想办法吧。长门,古泉,我们首先要做的是什么?"

听见我的话,长门放下了手中的杯子,古泉则露出了他那标志性的笑容,牙齿闪闪发亮。

"那我们来理一下论点吧。我认为,现在的状况可以概括如下:

"SOS团的五个人正处在'现实与虚构'这两种'概念'的交互中。

"由此产生了'SOS团×现实'及'SOS团×虚构'。

"二者之间的关系为量子纠缠及量子叠加。

"SOS团×(现实+虚构)= SOS团(现实)+ SOS团(虚构)。"

如果长门同学的说法成立,那就可以肯定,现实中的我们和此刻的我们必定通过某种要素联系着。

应该就是你们说的"现实:虚构"的概念量子吧。

"单单说成现实和虚构好像有点太乏味了,我们来个酷一点的叫法吧,把它们写成(r,f),也就是real和fiction。"

古泉推开面前的餐盘。

"我需要一些能写的东西,这里就让智慧之神帮帮我们吧。长门同学,你想看书吗?"

"想。"长门答道。

"那请许一个想看书的愿望吧。"

"啪",随着一记沉闷的声响,一块大约A3纸大小的泥板突然落在长门的膝盖上,上面还写着怪异的文字。

"这是……线形文字B(**注:线形文字B是古代希腊人在迈锡尼文明时期使用的一种文字,已被破译**)吗?"

"是线形文字A(**注:线形文字A出现于古希腊米诺斯文明时期,未被破译**)。"长门不带感情地说道。

"太厉害了。这是未破译的吗?你能看懂吗?"

"需要解析。"

"需要多长时间进行破译?"

看到长门皱起眉头思考,我摇了摇头。

现在可不是操心这些事情的时候。

"没错。一旦放松警惕,我们的思维就会被引到别的方向上去。"

古泉将长门膝盖上的泥板翻了过来,发现背面完全空白。

"没办法,毕竟这个时代还没有纸。"

古泉拿起叉在橄榄上的银制牙签,在板子上字迹潦草地写下公式——

$$SOS(r,f)=SOS(r)+SOS(f)$$

SOS（r）这边，也就是现实中的我们知不知道这件事？

"长门同学或许已经发现了……但包括我在内，其他人应该都在现实里过着和平常一样的生活吧。"

SOS团分裂成两个，分别存在于现实和虚拟世界，这让我不由得感到一阵寒意。

"抛开那些复杂的部分，我们写一个最简单的——"

$$SOS(r)+SOS(f)=1$$

这个公式连小学生都能写得出来。

"可是，为了达到这个结果，中间究竟需要多少步骤，我真的是一点头绪也没有。"

我有点好奇，现实中的我们撞上了外星人制造的神秘粒子，居然什么事都没有吗？

"变量（r,f）对现实造成的影响尚不明确，只能希望现实中的我们没有遇到太离谱的事情。长门同学，你觉得呢？"

"现实中的我们是用来比较的对象，应该会保持原样。"

也就是最原始的我们吗？

"推测为无限趋近于（r=1），99.999999999%。"

也就是说，现实中的我们有99.999999999%的概率是本体。那就好——好什么好？拖着再长的尾数也没办法和100%比，而且这玩意儿越看越不舒服。快把少的那些还回来！

"少的那部分其实就是此刻的我们。"

古泉一边拿银制牙签在泥板上转来转去，一边说道：

"如果这里的我们只是复制人格，我倒觉得在这里继续生活也无所谓。但是，如果现实里的我们也被强行施加了未知的'化学作用'的话，那就不能坐视不管了。"

古泉轻轻一笑，继续说道：

"其实仔细想想，在这个世界里，我们SOS团可以永远玩角色扮演，这也挺不错的。毕竟之前我们都一直以为自己是复制品呢。"

然而，我们已经一分为二成了"现实中的我们"和"虚拟空间中的我们"了。

"没错，现实的我们和这里的我们是叠加状态。也就是说，两个都是真正的我们。"

所以事情才会如此棘手。

"另外，我们分裂成现实与虚拟的这种情况，也可以说是一种非常异常的状况。这一现象究竟会带来什么其他的影响，我实在是有些难以想象。也许，现实里的我们也感觉到了不对劲，尤其是凉宫同学，如果她受到了影响，又会出现什么样的状况呢……而且，我说的这些也完全适用于这里的凉宫同学。"

所以，我们不能再被动地接受别人的安排，继续在这个虚构的剧场里悠哉地演戏了。接下来，我们必须主动出击，想办法回到现实中去……

不，等一下。

"我有一个疑问。"

我直视着古泉的双眼。

"假设此刻的我们能从这里逃出去，那我们会变成什么样？该不会又冒出来一个SOS团吧？"

"这种情况可真是让人连想都不敢想啊。"

"不然就是,这里的我们和现实的我们合二为一,重新回归到一个身体里?"

"这应该是最理想的情况。"

"'应该'可不行。我们到底会怎么样?说得简单点。"

这时,长门开口了:

"只要执行SOS(r)+SOS(f)=1,量子纠缠和量子叠加就会解除。"

长门语气平静,像是在说着一件日常琐事。

"随着波函数发生概率性的坍缩,这里的我们的意识会和存在一起消失。现实中的我们将成为唯一的存在。"

这听上去就像是在宣判死刑。

"当存在概率的双重性被解除时,必然有一方会消失。就像光被观测时,要么是粒子,要么是波。"

古泉的声音听起来有些沉重。

"不过长门同学,你确定解决了这次的事件之后,现实世界里不会出现两组一模一样的我们吗?"

"费米子。"

"……也就是说,根据泡利不相容原理,(r)的我们和(f)的我们不会同时存在于同一个地方,量子状态最终还是会解除。因为构成我们身体的基本粒子大多是费米子……就是这么一回事吧?"

"无论过程如何,有一点可以肯定的是,总有一方会在最后消失。这里的我们不可能带着虚拟世界的记忆回到现实中去,对吗?"

我闭上眼睛,默默思考。

这里的我的确是一种异样的存在。我们被某些神秘的家伙操控着，一直在不同的世界里游走。甚至，这种折磨永远不会停下。可即便如此，如果你问我，是否希望这个世界的自己消失，我想我没有果断回答"是"的勇气。

古泉的声音轻轻地敲击着我的耳膜。

"若是论起结果的好坏，让我们同时拥有两种记忆已经算是好的了，就怕出了什么差错，让这里的我们也完全实体化，那就真的麻烦了，毕竟谁也不知道之后会发生什么。"

这就像是我突然多了一个双胞胎的兄弟姐妹一样。先不说我自己，光是想到会有两个春日，我已经头大到想逃避现实了。

单纯拥有两边的记忆不算是一件太糟糕的事情，我和古泉还有长门都不用担心，朝比奈学姐应该也不会有太大的问题。然而，春日怎么办？万一，她把这段疯狂的冒险记忆完整地带回现实……

"果然是个噩梦啊。"

"实际上，在极小的概率下，这里的我们会成为真正的我们，而现实中的我们则会消失。不过，现实中的我们是本体的概率为99.999999999%，因此，我们这边被选中的概率几乎接近零。"

"应该更低。"长门说道。

"几乎为零"和"真正的零"之间的差距要如何描述呢？

"不过，我们的确认识一位女性，她能打破概率的限制，把原本不可能的现象毫不费力地变为现实。"

古泉的语调中透着一丝淡淡的忧虑。

"但愿我是杞人忧天。"

如果，拥有这边记忆的春日出现在现实中，我真不知道她的脑子里又会冒出什么奇怪的想法。只是想想还好，万一那些想法对现实产生了影响和作用，那后果就不堪设想了。指望春日能选择性失去部分记忆，那就像是去南极卖无糖刨冰给企鹅，根本不现实嘛。

见我愁眉苦脸的样子，长门小声说道：

"我们要回到最初的（1）。"

这句话简直就是从天而降的福音。

"这并不一定意味着死亡。"

是时候作出决断了。

"好，我明白了。先暂时不管这里的我们。"

或许，某种效果正好的奇迹正在等着我们，完全符合我们的利益，让我们一切都如愿以偿。然而，必须承认的是——

"带着这样的记忆回到现实，肯定会出乱子。"

这时，我的心里隐隐感觉到一丝不安。

"难道这就是'敌人'——那帮家伙的目的吗？"

"有可能。突然有一天，我们惊讶地发现自己竟然拥有一些没经历过的离奇的冒险记忆……先不提我们，如果这里的记忆进入了凉宫同学的大脑里，之后这个世界会变成什么样，那可就完全无法预测了。"

我倒希望她能把这一切当作一场长长的白日梦。

我悄悄看向春日，发现她正懒散地靠在宝座上。她从侍女手中的盘子里抓起一把坚果，正嘎嘣嘎嘣地嚼着，完全像在家里刷视频一样放松。朝比奈学姐则紧握双拳，目不转睛地盯着舞台。

此时在舞台上，那个有着稻草人脸的墨涅拉奥斯去了克里特岛参加祖父的葬礼，"绑架犯"帕里斯看准这个时机，拉着海伦的手，也就是那个动不动就会被绑架的公主逃出了王宫。伴随着紧张而刺激的背景音乐，两人急匆匆赶往港口，与来访斯巴达的特洛伊一行会合。

顺利登上船后，整支船队逃命一样地扬帆起航。他们在地中海踏浪前行，直奔目的地特洛伊。与此同时，因为海伦的私奔，王宫里早已变得天翻地覆。海伦年幼的女儿赫耳弥奥涅被留在了王宫，她正悲痛欲绝地呼喊着妈妈。看到这里，朝比奈学姐也忍不住流下了眼泪。

"那么，接下来的方针是什么？"

古泉没有回答我，而是瞥了长门一眼，脸上随即露出一丝惊讶的神情。

我这才意识到，长门的目光正锁定在春日的身上，那眼神让我觉得有些熟悉——就在不久之前，长门也是用一种十分认真的眼神盯着春日。可春日不过是懒散地靠在宝座的扶手上，这究竟有什么可看的？

长门像是听到了我的疑问，将视线转向我：

"我们得快点。"

长门很少如此坚决地表态，而她接下来的话更是让我瞠目结舌——

"凉宫春日所释放的无法解析的能量正在逐渐增强。"

我立刻看向春日，我们的这位团长依旧是那副邋遢女神的模样。其实看了也是白看，毕竟那种东西我根本感知不到。

"哦。"古泉不由得向前探出身子。

"难道是要发动改变现实的能力了吗？"

"那股能量带来的后果尚不明确。"长门简洁地回答道，"这里不是现实。"

"原来如此。"古泉挠着太阳穴,接着说道,"不过,在凉宫同学的认知中,这里或许就是现实……不,认知上的现实和真正的现实是有着本质的差别的……"

古泉小声嘟囔着,随后转向我问道:

"你怎么看?"

我哪知道?只是,我的心中有个疑问在打转——

"为什么春日偏偏在这种时候拼命产生那种能量?"

"不明。"长门面无表情。她用黑曜石一般的眼睛凝视着我,接着说,"也许你会知道。"

说实话,我既不是春日的发言人,也不是能从团长没说出口的话里领会其深意的超能力者。

然而,长门那锐利的目光依旧牢牢锁定着我。

"在这个虚拟空间中,每当切换到下一个世界时,那股能量的释放量都在一点点增加。但就在没多久以前,释放量开始急速增加。"

"具体多早?"

"抵达特洛伊的时候。"

那确实就是刚刚发生的事。要是用图表画出来,那绝对会是一条恐怖的陡升曲线。

"所以,我们得抓紧时间了……"

长门轻轻地点了点头。

"不过,预计到达极限的时间是时刻变化的,但考虑到目前呈指数增长,在下一次切换世界之前,某种力量被施加的概率非常大。"

"我们要不要期待一下反转?说不定春日能用她那稀奇古

怪的能力帮我们摆脱困境。"

"……如果你想这么做的话。"

抱歉，当我没说。

"可是……"我试着将话题扭转，"难不成春日一直在积蓄那种神秘的力量？看起来，她对我们从一个世界切换到另一个世界并不觉得奇怪。"

"表层意识可能会被蒙蔽，但始终觉得哪里不对劲也是有可能的。"

古泉一本正经地说道。

"不过，我们先暂时不要分析凉宫同学能量的来源了吧。长门同学，你曾在私掠船上说过，你还在等逃脱的机会，而现在这个机会来了，对吗？"

长门默默地点了点头，动作的幅度只有几毫米。

"长门同学，你等的就是现在的这个状况吗？"

"需要条件。"

"什么条件？"

"获得超越人类智慧的力量。"

"帕里斯的裁决"中的三位女神之一，雅典娜。

"现在的我是神。"

迷人的光辉萦绕在长门娇小的身躯上，恍惚间，我仿佛看见雅典娜石像与长门的身影重叠在一起。

"现在的我获得了一种设定和能力，即便我发挥非现实且超常的力量也不会产生矛盾。"

长门平静的口吻中透着一种不可思议的说服力。这就是神之言灵的力量吗？

古泉眯起眼睛，注视着眼前的长门雅典娜。

"那具体要怎么做呢？依靠寄宿在你体内的女神神力，能否做到SOS(r)+SOS(f)=1？"

"我一个人无法做到。"

长门的目光掠过此刻正看着舞台的春日和朝比奈。那个画面就像是女神赫拉和阿佛洛狄忒在天界注视着希腊与特洛伊的纷争。

"我需要借用她们的力量。"

这种东西是随随便便就能借的吗？

"紧急模式。无需请求，强行借用。"

的确，我们不可能对春日说，你无意识中释放的力量就快要爆发并且即将毁灭这个世界，你快点把你身体里的女神之力借给长门——这种事根本没办法解释。至于朝比奈学姐……算了，以后再告诉她吧，她应该会理解的，虽然那时候的我们可能已经没有这段记忆了。

"没想到长门你也会主动发表意见啊。"我不禁感慨道。

长门的眉头微微动了一下。

"在无法与资讯统合思念体联系的情况下，我无法履行我的职责。"

职责？是观察春日吗？在这里不也可以做到吗？

"不能发送观察数据。"

确实，如果只能观察，恐怕没什么意义。

"难以处理。"长门说道。

我有些震惊，长门居然会露出这种困扰的神情，或许是因为此刻的她已经与雅典娜合为一体，所以才有了更丰富的情感。

就在这时，一段极具震撼力的管弦乐响起。

舞台上，得知了妻子的背叛和逃亡的墨涅拉奥斯，与哥哥阿伽门农一起，向整个希腊发出号令，并组建了一支追讨特洛伊的军队。接着，一众演员陆续登场，不知是什么原理，数千艘战船漂浮在海上的画面自然地浮现在脑海中。那些有关奥德修斯暗中活动的部分虽然被删减，却特意标注了具体情节以作补充。就在这时，世纪英雄阿喀琉斯终于登场，他携重装步兵登上帆船，剧场瞬间陷入黑暗，当灯光再次亮起时，希腊舰队已然停靠在特洛伊海岸。这次出行历经十载，其间交织着人生百态，但这些都被略过，战争的号角终于吹响。

　　古泉举起一只手：

　　"抱歉长门同学，我还有问题想问你。我现在已经知道，你们三人身上恰好潜藏着女神之力，而你要把这股力量全部集结到你的身上。但是，光是这样我们真的能逃出去吗？"

　　既然长门说可以，那就交给她吧。

　　"不能。"

　　长门淡淡地回答道。

　　"在这个虚构世界中，神的力量只能充当启动器和助推器。真正需要的，是凉宫春日所释放的不可解析的能量和朝比奈实玖瑠所拥有的属性。"

　　先不说春日，朝比奈学姐的属性是什么？难道是软萌的女仆吗？

　　"未来人。"

　　……啊，对啊。我居然忘了这一点，真是失误了。什么女仆，我是傻子吗？

　　古泉皱着眉头说：

"我认为，要实现SOS(r)+SOS(f)=1，需要的是一种拥有逆转能力的东西，比方可以让时间倒流，而那种东西……"

"朝比奈实玖瑠特有的概念。"

"原来如此，从未来穿越回过去，即抽取时间回溯的概念，作为变量使用。这是概念量子吗？"

"对。"

"而且还能控制凉宫同学实现愿望的能力。"

"对。只有现在，并且在这里才能做到。"

"这种事情真的能办到吗……算了，没必要再问了。这地方就是无所不能的。"

古泉露出一抹释然的笑容，他摊开双手，像是已经放弃了追问。我倒觉得，你能准确地理解长门的意图，也够厉害的。

"但是长门，如果真要利用什么时间回溯的概念，为什么不直接向朝比奈学姐借一台时光机，那样岂不是更快？"

"时光机是安装在朝比奈实玖瑠体内的。"

这可不得了，你不会说朝比奈学姐也是人工智能吧？

"她是人类，有肉身的真人。但她的大脑里存在着一种DNA计算机，负责执行时空穿越的程序，平常处于休眠状态。"

我大概能明白为什么现在的朝比奈学姐不能自由使用这种能力。我的脑海中不禁浮现出成年版的朝比奈学姐，真想再见她一面。

古泉用力捏了捏太阳穴，似乎想要把刚才的对话记住。

"我们能做些什么吗？"古泉问道。

"等一下。"

我和古泉几乎同时停下了动作。

长门眨了眨眼睛，接着说道：

"首先要构建理论。需要计算。需要一点时间。"

也不知道我在这个不可思议的虚拟世界里能计算到何种程度,但动动指头工夫的工作,我还是做得到的。

"要怎么计算?需要函数计算器吗?"

"不需要。"

长门话音刚落,桌子上突然飞来了一堆泥板。

她纤细的手拿起一根银制牙签。

"开始计算。"

长门将泥板翻了个面,开始书写计算公式,那样子就像是在用牙签打磨粗糙的表面。

"正常情况下,人们用的是那种还没凝固的柔软泥板……不过,这些都无所谓了。"古泉说道。

长门像是在边思考边书写,书写的动作有些缓慢。而她刻下的那些符号和数字几乎都是我从未见过的。

"海森堡……不,这是用狄拉克符号(**注:用于表示量子力学领域理论的一种符号**)表示薛定谔方程(**注:量子力学中描述微观粒子运动的微分方程**)?"

古泉努力盯着眼前的字符,企图在脑海中留下痕迹。然而,当这些图案越来越怪异,怎么看都不像是地球上的东西时,古泉终于无奈地耸了耸肩,表示放弃。这对人类来说,还是太超前了。

"或许,有些理论和公式,只有人类尚未发现的高维存在才能理解。"

"……"

长门没有抬头,她专注地书写着。

"还有一些是外星人发现的定理,而地球的科学家们尚未知晓。"

"……"

"长门同学的脑海中肯定有着人类还未掌握的法则和方程,对吧?"

"只有亲自探索才有意义。"

长门语气坚定,又拿起第二块泥板。

咯吱咯吱咯吱,泥板上刻写未知公式的声音听起来叫人格外安心。

"……"

眼前的这位有机机器人专注地进行着计算,尽管面无表情,但她的脑袋一定在全速运转着——我的身体渐渐感到一丝暖意,仿佛有个电暖炉在我身边。

不知为何,笼罩在长门周围那充满神性的光辉似乎愈发璀璨了。

长门还在专心演算,我闲来无事,将目光投向圆形剧场——

希腊军队追击而来,潮水一般涌上特洛伊的海岸。特洛伊军队自然不会置之不理,他们在帕里斯的哥哥、特洛伊最伟大的英雄赫克托耳的指挥下,向敌军勇敢地发起反击。箭矢和投石如暴雨般倾泻而下,希腊士兵在猛烈的攻击中如草芥般倒下。就在这时,除了脚踝以外无懈可击的阿喀琉斯冲入敌阵,他仿佛一只不屈的狮子奋勇作战,无愧为半神半人的希腊英雄。转眼间,特洛伊士兵们就像稻草人一般溃不成军。

察觉到士兵们的慌乱,赫克托耳当机立断,他下令全军向城墙撤退。希腊军队也带着人马,返回了在海岸临时设立的据点。双方在交锋中各有伤亡,而这场初战也拉开了漫长战争的序幕。

就在这时,我感到背后传来一股熟悉的气息,我刚要转身,就听见了一个声音。

"喂,你们几个。"

那个白发白须的老爷子此刻正穿着希腊哲学家的衣服,他单手握着一根弯曲的木杖,稳稳地站在我们眼前。

我就知道你差不多要出现了。我猜,你是这里的NPC,任务就是防止剧情走向死胡同吧?好久不见啊,老爷子,这次又要告诉我们什么?

"没大没小的。现在的我可是宙斯,你倒是尊敬我一下啊。"

老爷子一屁股坐在我面前,仔细一看,他身上也笼罩着和春日她们一样的光辉,朦朦胧胧的,仿佛只有他那里是迷糊不清的。

"说谁迷糊呢?(注:阿虚想表达的是有一种失焦的感觉,而这个词在日语中也有呆傻的意思,老爷子理解成了后者)我的脑海中有个低语声,它和我说,我永远都不会老眼昏花呢。"

我往老爷子手里的陶杯倒入像是红酒的饮料,同时问他:

"你来这里不是因为有话要说吗?"

"你们这群人的首领,就是那个爱制造麻烦的小姑娘,她现在和我的妻子赫拉融为一体了,你们能不能想想办法去阻止她那些奇怪的举动?"

我用余光打量着正在喝红酒的老爷子,又和古泉对视了一眼。我开口问道:

"老爷子,你知道春日的能力吗?你能不能看见什么?"

"我看不见,也不知道。我只知道,她的那股能量已经对这个世界造成了可怕的影响,甚至可能是毁灭性的。起初的确很微弱,但现在已经可以说是达到了最大威力。这可不是闹着玩的，你们快想想办法。"

老爷子一口饮尽杯中的酒，又将杯子递给我，示意自己还要一杯。

"上面这些话是我脑子里的那个低语声说的，这个声音一直在我脑中回响，也是它让我出现在这里的。"

把我们扔进这种地方，还敢说这种话？那个声音的源头是谁呢？

"唔，在我的认知里，最合适的表述应该就是……没错，造物主，或者说是创造主。差不多就是这种感觉。"

创造了整个世界，对于这个虚构空间里的人来说，确实可以称得上神明了。

"能不能再多给我们一些提示呢？"古泉把手边的肉菜拿给老爷子。

"我们猜测，这个家伙可能是外星的智慧生命。信息生命、外星人、宇宙人，这些词有没有让你想起什么？"

老爷子把一口肉塞进嘴里，边嚼边陷入沉思：

"唔，就算我是全知全能的宙斯，拥有无穷的智慧，我也只有一些模糊的感觉。总之，那是个飘忽不定的家伙。"

他一口气喝光了第二杯酒。

"一个覆盖整片天空，无法看清其全貌的家伙。整个世界都被笼罩着，而我们就在其中。也许这话不该由我来说，但我的确感觉不出丝毫邪恶的气息，反而像是得到了庇护。"

这也难怪，对于这个老爷子来说，那家伙的确是神。

"受到庇护的还有你们。"

就算没有恶意，但无论是出于实验还是观察，甚至是出于某种考验，那家伙就这样一声不吭地把我们扔进这种地方，又怎么能算是心怀善意呢？

"老爷子，你就是这个世界的AI吧？那你对我们的事到底知道多少？"

"或许是因为我这次扮演的是宙斯吧，我感觉自己的理解能力比之前提高了不少。尤其是关于赫拉、雅典娜，还有阿佛洛狄忒的事。"

按照你的说法，能覆盖整片天空的……那就是乌拉诺斯了，对吧？

"这个名字差得有点远。让我再想一个更贴近的词……天空、覆盖、空间……我知道了，是天蓬！"

指天蓬床的天蓬吗？

"肯定比那个要大得多。空中……不对，整个世界都被笼罩着。"

照你这么说，这家伙和资讯统合思念体还挺像的。

"长门，你有什么头绪吗？"

"在我的访问权限范围内，没有找到相关数据。"

长门目不转睛地盯着泥板，手中的动作没有停下。

老爷子自斟自饮着第三杯酒，继续说道：

"我对那家伙是心存感激的，所以没办法无视那道低语声。就算我想无视，我也做不到。我决不能让世界走向崩坏。"

那道低语是如何判断春日的能力的？

老爷子一副认真聆听的表情：

"无法量化的参数、无序、无限制、释放、随着每次世界切换而增大、即将到达极限值、崩坏……"

听起来都不太妙啊。

"既然那家伙觉得春日这么棘手，就赶紧让她离开这里。

当然，还有我们。"

老爷子向上看了几秒，随后说：

"声音没了，我听不到了。这只是我的感觉，我认为，无论这个世界怎样变化，那家伙都不会干预你们。就像你们说的，因为这里是一个虚拟世界或者虚构世界。"

我们的计划被听到了多少？

"全部。你们是不是说了要从这里逃走？"

是要阻止我们吗？

"不是，我没有接到这样的命令。所以，接下来我要说的纯粹是我的愿望。"

NPC老爷子把陶杯轻轻地放在桌子上：

"你们能不能带我去那个叫现实的地方？"

这惊人的提议让我一时语塞，就连古泉也愣住了。

"如果回归现实，(f)的我们恐怕会因为波函数的坍缩而消失不见。可是，原本生活在这个世界的人去了现实里，又会发生什么呢？你应该是作为数据存在于这里的，真的可以变为物理上的真人吗？"

唯一能给出答案的长门，此刻正在默默地计算着。

"老爷子，你对这个世界就没有一点留恋吗？"

"你们这帮家伙特别有意思，所以我想见识一下你们原本生活的世界，那里也一定很有趣。我倒不觉得这个世界有多糟，但你们这么想回去，肯定是有原因的。我只是好奇而已。"

原来，"无所不能"的世界并没有想象中那么美好，设定一些限制反而更有趣味。如此想来，"现实"自有它的好处。

古泉开口说道：

"那我倒是更好奇，一开始就诞生在这个虚拟世界是种什

么样的感觉呢？我想听听宙斯大人的感想。"

"我知道的只有这个世界本身，而且并没有觉得有哪里不对劲。听了你们的话之后，我也想体验一下被规则和定律支配的现实世界。"

"一旦去了现实，很可能再也回不来了。"

"没关系。我觉得我已经在这里度过了可以称为'永恒'的时光。而且——"

他俯瞰着舞台，压低了声音说道：

"现在，我的心中萌生出一种独立的意识，我有预感，如果你们从这里消失，这个世界也就没有存在的必要了。"

所以说，这片巨大的虚拟空间耗费了大量的能量，而它仅仅只是为了我们五个人量身打造的。这未免有些太浪费了吧？

古泉苦笑着说道：

"我不清楚'浪费'这个概念是否适用于信息生命体，但或许这就是创造主的意图所在。如果这里真的是某个实验场所，也许将来还能派上用场。当然，考虑到维持成本，这里也有可能从此被废弃，但我想，对方已经能够自由操纵量子了，这在整个宇宙里也算得上是相当厉害的，所以对方肯定不会为能量的事发愁。"

"什么嘛，你们这群小鬼头对这里的了解比我还多呢。"

"所以，问题并不在于什么成本，而应该是别的地方。"

古泉的目光落在剧场上。

自从希腊军队登陆已经过去了十年，特洛伊依然屹立不倒。

由众神铸造的城墙坚不可摧，任凭希腊联军一波波袭来，都不把它放在眼里。特洛伊军队并不是一味防守，他们勇猛地从城中突围，试图击退入侵者，而希腊军队的实力同样不容小觑。双方在攻防战中僵持不下，谁也没有找到制胜的关键。希腊阵营中，阿伽门农和阿喀琉斯为一个美人争得不可开交；而在特洛伊城内，赫克托耳则为弟弟帕里斯的无能感到愤懑不已。同时，不甘寂寞的众神也加入战争中来——对帕里斯心生怨恨的赫拉对特洛伊施以雷霆，而站在特洛伊这边的阿波罗则向希腊士兵们倾洒箭雨、传播瘟疫，如此冷酷的手段实在是愧对太阳神的美名。

"哎呀，仔细一看，这些人的脸好像都在哪里见过。"

古代战争剧本就有众多演员出场，这出《伊利亚特》中那些有名有姓的角色，他们的扮演者几乎都是在之前的世界中见过的配角。

比如，稻草人脸的墨涅拉奥斯和海伦、南托卡顿和霍尼亚特·哈普兄弟、帮派老大和他的一群手下、扑克脸的调酒师，甚至还有原"金羊毛号"上的水手。他们分别加入双方的阵营中，手握利剑展开激烈的对决。

这些NPC总是反反复复出现，搞不好这个世界真没我们想象的那么大。那个叫"天蓬"的家伙也太偷工减料了。

"与其说是偷工减料，我觉得更多的是缺乏理解。给所有角色赋予相应人生的运算空间应该是足够的。只不过，尽管理论上可以做到，但却不知道该如何去做。大概是这样的。"

我明白你的意思。看看我们曾经去过的一个个怪异的世界就能发现，这位创造主的审美力的确比人类差远了。

我实在猜不出那个家伙最后会如何处理这个世界。虽然对那些配角NPC并没有太深的感情，但毕竟我们一起经历了不少时光，所以多多少少会有些不舍。即便这里只是一个电子游戏，他们也只是按照预设的台词在演出，但如果能从中体味到几分人情味，那也算是一种感性吧。

"这可是对创造主的最高赞美呢。"古泉调侃着说道。

所以，想到他们也许会和这个世界一起消失，我不禁感到一丝莫名的忧伤。这也是为什么我和古泉会越来越希望这个世界能一直存在下去。

我懂了，或许这家伙真的不是我们的"敌人"。虽然我不懂老爷子说的"受到庇护"是什么意思，但我确实没有感觉到来自这个世界的恶意。

在最初的JRPG（注：Japanese Role-Playing Game，**日式角色扮演游戏**）世界时我就发现，这里其实有一种温暖而舒适的感觉，就像是一直泡在暖暖的温泉中。要是情况允许，我甚至可以一直享受这种在不同世界里穿梭的乐趣，根本不会感到厌倦。

但是，我不会那样选择。SOS团可不会满足于他人打造的人工乐园，我们不是那种天真无邪的团体。即便我此刻的意识会消失无踪，我也宁愿在真实的开放世界里拼命挣扎，而不是待在一个笼子中的理想乡。不对，不是这样，我没有那么高的觉悟，我只是单纯感到火大。那家伙把我们困在这种地方，还像做动物实验一样观察我们，我们怎么能让那家伙得逞？

"……"

无言的沉默将我的思绪拉回现实。

不知不觉间，刻写泥板的声音停了下来。

确认完刻下的文字后，长门轻轻地吐出一口长气，像是在排出身体里的热量。接着，她开口说道：

"理论构建完毕。"

泥板上写满了神秘符号，但最后两个我看懂了。

$=1$。

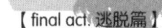

"逃脱计划将以我为起点来执行，但……"

长门看起来有些发热。

"根据计算结果，启动所需的能量严重不足。这种情况下无法引爆。"

把赫拉、阿佛洛狄忒和雅典娜的力量全部集中在一起也不够吗？

"是我体内所需。"

给发动机点火的启动马达功率不够，是这样的感觉吗？

我、长门和古泉同时将目光投向同一个人——

他满是皱纹的脸上露出慈祥的微笑，说道：

"好吧，我来帮你们一把。我再为你召唤一位神明。"

居然连这种事都能办到吗？

"我可是全能之神、众神之王宙斯。这点小事当然没问题。"

当老爷子高举起手中的法杖时，四周的灯光瞬间聚焦在他的身上。

如同精心设计的舞台效果一般，那些原本在浴血奋战的希腊和特洛伊士兵突然一齐低下头，跪伏在地上。不知从哪儿响起的旁白声说着"宙斯希望两军代表一对一决斗"，接着，进攻方的埃阿斯与防守方的赫克托耳向舞台中央走去。

而在一旁，老爷子将法杖的一头悬停在长门的脑袋上方：

"草原上疾驰的风啊，轻盈踏过葱郁的叶尖，你是伟大的守护神，伴随着大自然的律动，展现出非凡的狩猎技艺；你是强悍无畏的女神，呼声如雷，箭矢如虹，愿你随永恒的尊严与皓月之辉同降。"

长门身上的光辉更加耀眼了。

"……"

长门静静地坐着，她的身上赫然出现两道人影，像是多重曝光般叠在一起。

一位是身披铠甲的英勇女武神，另一位是手执弓箭、优雅微笑的纯洁女神。

我感到视线的边缘有一丝动静，原来，长门所坐的宝座上出现了新的浮雕——一朵洁白的雏菊，还有那显而易见的象征图案——月亮。

此时此刻，雅典娜与阿耳忒弥斯之力汇聚于长门体内，散溢出超越凡俗的神性，叫人无法直视。

"没想到会这么成功，现在够了吗？"

老爷子一脸的得意。

长门看着自己闪着微光的手掌，一边握紧又松开，一边对老爷子说：

"感谢。"

"那么，作为交换，你们能不能带我一起走？当然，前提是能办到的话，我明白这有点难度。"

"正在计算。"

聚光灯映照在长门的头顶。舞台上，扮演雅典娜的演员正为代表希腊的埃阿斯施以神圣的庇护，演出进行得一切顺利。

思考了一秒钟后，"雅典娜=长门=阿耳忒弥斯=有希"说道：

"从所需的信息能量来看是可行的。我有一个提议：你扮演信使的角色。我赋予你一个命令代码，它会自动执行。但我不确定逃脱之后你的意识是否还存在。"

长门竟然一口气说了那么多的话，我和古泉都惊呆了。

"明白了。那我就按照你的指示行动，你尽管说吧。"

老爷子满意地点了点头。

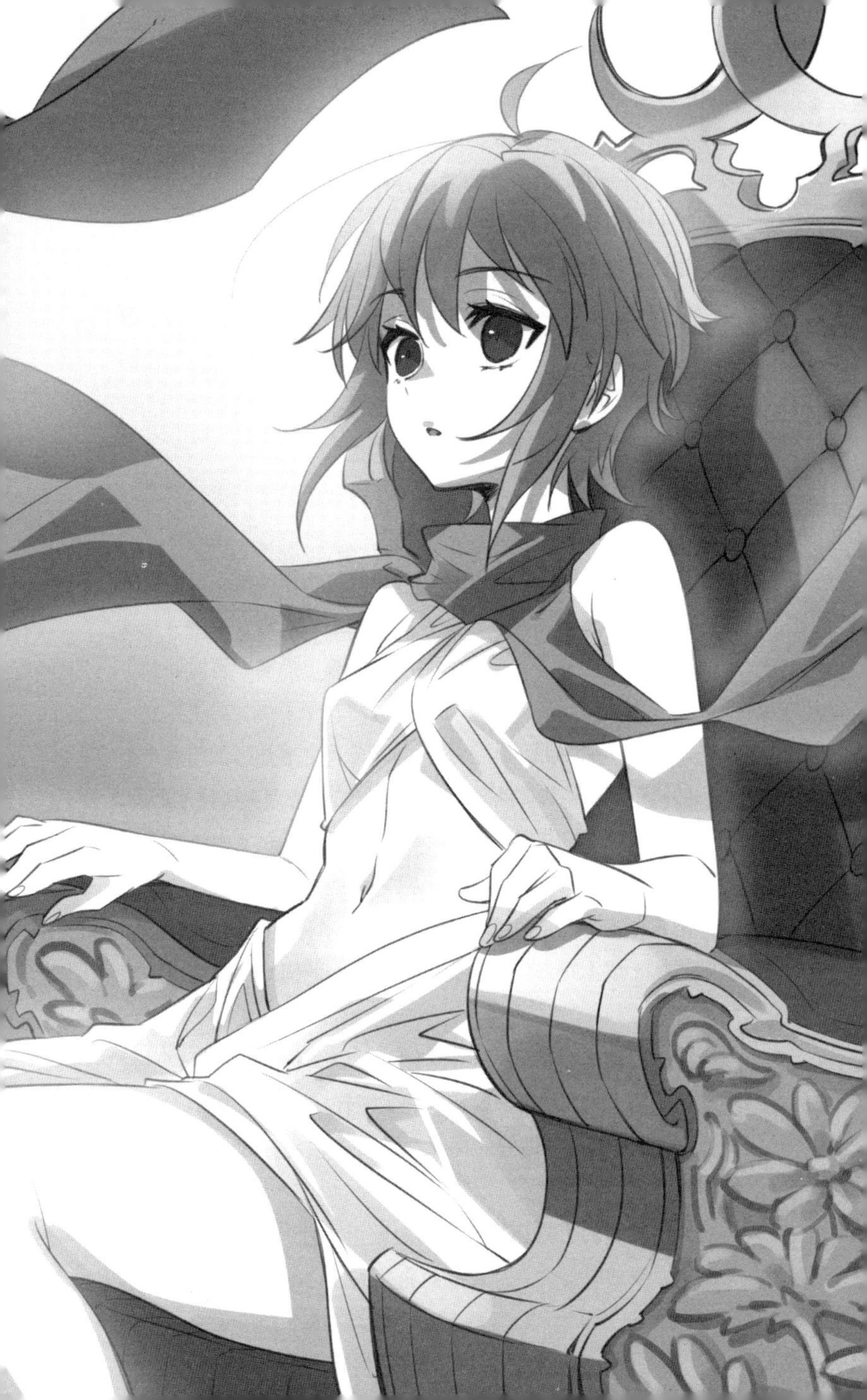

先从震惊中回过神来的古泉心有不甘地说道：

"既然如此，那给我来个阿波罗之类的神明也不错呀。"

老爷子随即认真地打量起古泉：

"从气质上来说，你确实有几分阿波罗的味道，不过，赫尔墨斯更适合你。"

"那也可以。父亲宙斯。"

古泉一下子就入戏了。

"没必要。"

长门干脆地拒绝。

舞台上，一对一的决斗以平局告终。本以为战况又将停滞不前，不料特洛伊军队却突然发起了猛烈的反击。以赫克托耳为首的特洛伊军势如破竹，希腊人一度被迫撤离，暂时回到了岸边的船只上。希腊联军的统帅阿伽门农受了伤，防线岌岌可危，终于连军船都起了火。然而，因美人之事与阿伽门农产生恩怨的阿喀琉斯置之不理，让其挚友帕特洛克罗斯代他出战。帕特洛克罗斯奋力拼杀，但仍不敌赫克托耳，被其击杀。悲愤的阿喀琉斯在怒火的驱使下冲入敌阵，找回挚友的遗骸，并最终与阿伽门农握手言和。就这样，这位半神英雄如雷霆再临，重归战场，成为特洛伊最强大的对手。与此同时，长门也站了起来。

这位身材娇小的短发女神悄无声息地绕到我和古泉身后，轻轻把手搭在我们肩上。她清冷的呢喃轻抚着我的耳郭：

"暂时借用一下你们的视线，把我现在所看到的世界呈现给你们。"

长门纤细的手指还搭在我的肩膀上，那种触感越发强烈。忽然间，我的眼前被一片耀眼的光芒淹没，即使我本能地闭上眼睛，也依旧能感受到那璀璨的亮光——这并不是我的视神经所捕捉到的景象，而是长门眼中的视觉信息。

古泉不禁发出惊叹：

"这可真是太惊人了。"

春日正释放着绚烂的光环，它们围绕着朝比奈学姐飞速旋转，越来越夺目，仿佛一场极光风暴。

长门伸出一只手，那奔流的光芒如漩涡一般缠绕在娇小的"雅典娜——阿耳忒弥斯"的手腕上，形成了一道以长门为中心旋转的光之龙卷风。

我们看到的是春日的能力、赫拉的力量、朝比奈学姐的概念、阿佛洛狄忒的神力、长门的宇宙力量以及阿耳忒弥斯的女神力。那无法抵挡的气势让我的背脊不由得一凉。不得了，这下我总算明白了为何远古人类是如此敬畏神灵——人类生来就畏惧那些与众不同的庞然大物，这种感觉早已深深刻在我们的基因之中，让我们在灵魂深处也牢记着那股寒意。

就在这时，所有的光芒突然消失了。

肩膀上那轻若小鸟的触感也随之消失。长门将手从我和古泉的肩上移开，并坐回到了原来的位置。

额头上满是冷汗的我长舒了一口气，一旁的古泉则感叹道：

"哎呀，真是大开眼界啊，让我学到了不少东西。真想把刚才的一切全记住，可惜无法如愿呢。"

"古泉一树。"

长门以前叫过这家伙的全名吗？算了，我们的记忆本来就很模糊了，再怎么回想也是白费工夫。而被叫到名字的古泉竟然有些害羞地挠了挠太阳穴。

"我会消除你的担忧。"

这次的长门一反常态，语气中充满了自信。或许是因为受到了两位女神的庇护吧。

古泉立刻点头回应：

"还是不能忽视凉宫同学的存在。我们已经有九成的把握，可以说是胜券在握，通常情况下可以松一口气了，但凉宫同学的能力是不受概率影响的。我们该如何应对呢？"

"设定一个客观观测者。"

长门的回答让古泉挑了挑眉。

"你的意思是，那个人要观察现实中的我们和现在这副打扮的我们，然后判断哪个更具现实性吗？"

"对。"

古泉瞥了一眼长门的衣服，又看了看自己身上的托加长袍：

"如果我们以现在的样子回到现实，凉宫同学说不定会化身神话中的女神降临世界。不只是她，朝比奈学姐和长门同学也是。"

这简直是个超级噩梦。

"那么，你打算把这个观测者的角色交给谁呢？"

"不能说。"长门看着我说道，"在观测过程中，如果提前传递信息可能会削弱客观性，所以必须对此一无所知。"

"所以就让一个完全的第三者来观测和理解（r）中的我们，从而实现量子坍缩。不用问那个人是谁，只需要和我们有点关系就行。但是又不能太熟悉，并且还得具备一些现实性的常识。"

"这样理解没错。"

换句话说，那个人要在对比了一身古希腊或古罗马打扮的我们和现实的我们之后，判断哪一边更"现实"。其实，普通人一看到我们五个人的这身装扮，肯定都会觉得这一组才是不

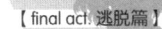

正常的。

古泉继续问道：

"那具体要怎么做呢？"

"虽然时间极短，但可以从这边对现实进行干预。"

说到这里，长门望向一旁正津津有味地听着我们说话的宙斯老爷子。

"你现在这个样子是不能和我们一起走的。"

"哦？"老爷子捋着下巴的胡子，略显困惑，"那怎么样才可以？"

长门对着老爷子直直地伸出左臂。一瞬间，这个白发白须的众神之王便被淡淡的光芒包裹。光芒犹如细小的粒子般扩散开来，很快，老爷子的人形轮廓开始模糊，变作了一团闪着光的不规则烟雾。而后，这片光雾在长门举起的左手上逐渐形成了新的形状。

这新生的形态像是为了确认自己是什么，扇动了几下翅膀，最后轻轻地落在了长门的肩膀上。

"咕。"一只猫头鹰发出鸣叫。它身上同样环绕着和变身前的宙斯一样的光晕。

身为神明，变身为动物本来是小菜一碟，但当亲眼看见这一幕时，我的震撼依然难以言表。古泉用略带调侃的语气说道：

"密涅瓦的猫头鹰总在黄昏起飞（**注：此为德国哲学家黑格尔的名言，密涅瓦的猫头鹰是智慧和理性的象征，在黄昏起飞就可以洞察和理解白天所发生的一切，意指哲学上的回顾与反思**）……就是说，信使是这只猫头鹰。"

"对。"

长门撕扯下衣服的一角，又用银签蘸了点墨鱼汤，接着在布片上写了起来。

"请把这些信息传给指定坐标上的人物。"

猫头鹰迅速叼起那块布,并一口吞了下去。像是为了表达自己听懂了长门的话,它又"咕咕"地叫了两声。

与此同时,失去挚友的阿喀琉斯如狂风般怒不可遏,成了特洛伊军队的噩梦。他化身为毁灭与杀戮的代名词,直奔仇敌赫克托耳而去,仿佛一头发狂的野兽。阿喀琉斯一路向前,只要在路上见到特洛伊士兵,便用长矛将他们一一撕裂。鲜血流淌成河,尸体堆积如山,这位半神猛将仅凭一己之力便将敌军击溃。面对如此不可思议的力量,特洛伊士兵们纷纷惶恐而逃,撤退到城中,唯有赫克托耳坚守在城门前,准备迎战阿喀琉斯。

怒火中烧的阿喀琉斯挥舞着长矛,赫克托耳则以剑刃应战。经过数个回合的激烈交锋,阿喀琉斯最终用长矛刺穿了敌人的脖颈。

特洛伊最伟大的英雄就这样踏上了冥界之旅,城中回荡着哀伤的恸哭声,而天上翻涌着的乌云仿佛也在暗示特洛伊的未来命运。

"在逃离这里去现实,也就是量子状态解除之前,大约有2微秒的时间。在这个时间内可以对现实进行干预。"

我感觉到,长门那一贯淡然的语调中似乎多了一丝坚定,不知是否是女神的力量所致。

"要让一切符合逻辑。"

剩下的就让古泉来问吧。

"逻辑吗?除了给观测者传递信息之外,还需要做别的事情吗?"

"现实一侧的(r)的我们有可能发现了异常。"

原来如此,那边也有可能会发生某些奇怪的事。

"而现实那边的变化,应该微乎其微吧,毕竟有着99.999999999%的概率呢。"

"我在现实中也存在。"

长门语气坚定。

"(r)的我可能已经察觉到了这一切,只不过这会儿正专注于观察。"

长门肩膀上的猫头鹰轻轻歪了歪头。

"如果我没有察觉,那就要告诉现实里的我,这就需要你们的协助。"

2微秒?这么短暂的一瞬间能说得清楚吗?

"只要没有干扰就有可能。应该不会有干扰。在这段时间里我会稍稍改变一下世界。"

我生怕自己听不清接下来的话,急忙往前坐了坐。

"改变世界?你吗?"

"用凉宫春日的能力。现在的我能使用一点点。"

我注视着长门,她的眸子如月光下漆黑的海面一般。

那是一种独特的色彩,是只属于长门的静谧与果敢。

"改变会控制在最小范围内。实际上也只能做到这么多。只有2微秒。"

如果现实中的我们因为这件事而陷入了某种混乱,恐怕会引发一些问题。考虑到这一点,的确有必要作一些改变。但是,这样真的没问题吗?当然了,我并不是怀疑长门。

长门并没有显得不高兴,继续说道:

"改变仅限于信息传递以及将(r)和(f)变为(=1)的过程。不会触及现实世界的基本信息,也无须触碰。"

OK，我完全相信你。再怎么说也不会比我插手这件事更糟糕了。

猫头鹰看着我，"咕咕"地叫了两声。

舞台上的表演逐渐走向高潮。经过一番波折，赫克托耳的葬礼于庄严的气氛中结束，战斗也再次打响。尽管失去了指挥官，特洛伊军依旧是精锐之师，各地的增援也如及时雨般赶到，使得战况重新回到了势均力敌的局面。不仅如此，希腊的勇士安提罗科斯在战斗中英勇牺牲，特洛伊军局部优势愈加明显。眼下希腊方只能寄希望于阿喀琉斯的勇猛和他那强健的体魄了。

这位单枪匹马就能扭转战局的超级英雄仿佛"开了挂"一样，勇猛地冲入敌阵，将特洛伊士兵一个个地送入冥界。他杀红了眼，所到之处充斥着血腥的气味，连众神都不禁退避三舍。

人类已根本不可能阻挡这位猛将的进攻。这时，轮到阿波罗上场了。

始终支持特洛伊的太阳神附身在帕里斯身上，射出一箭，这一箭正击中了阿喀琉斯唯一的弱点——脚踝。这致命的一击让这位半神英雄就此陨落在异乡的土地上。然而，他的英名却如同永恒的星辰，镌刻于后世的传奇之中。

舞台上，特洛伊战争的故事似乎在加速展开，仿佛整个世界都在催促我们。这是想尽早弄清楚我们要做什么，还是希望我们快点滚蛋？

古泉谨慎地举起手：

"我还有最后一个问题，或者说是提议。"

长门和猫头鹰默契地一同将目光投向古泉。

"你之前说过，变成了猫头鹰的宙斯大人，可以以信息的方式去往现实。既然如此，能否把现在的我们的记忆也一并数据化并发送呢？"

只要把信息交托给这个世界里的角色，而且能带去现实世界，那就可以。

古泉继续说道：

"我们的记忆最好能被抹去，尤其是凉宫同学的记忆。不过，这里的记忆的确非常宝贵。"

毕竟，这是一次难得的经历，我并不想强迫自己忘记。然而，如果真的不能这么做的话，我还是会选择在现实中生活。

"那么，只让你和长门同学保留记忆呢？"

"此时此刻，我们五个人形成了一个量子系统。只要一个地方发生了变动，整个系统都有可能受到影响。"

长门似乎有些犹豫，一番沉默之后，她继续说道：

"现在聚集在我身上的能量值比预期的要高，可以用多出来的能量将意识中的记忆剥离出来。"

除了我和古泉，就连那只猫头鹰也在认真地听着长门说话。

"不过，包括我在内，SOS（f）的所有记忆都必须被封印。"

这意味着，我们的记忆至少不会被彻底抹消吗？

"我会把记忆从意识中剥离，做成信息压缩包，然后把封印好的记忆数据作为存档发送给现实中的我们，存放之后再进行冷冻保存。"

差不多就是，把记忆取出来，放进盒子之后再上锁。但是，存放这些记忆的事情会被我们遗忘。那些永远无法想起的记忆，不就相当于不存在吗？

"完全的'无'和无法访问信息之间有着本质的不同。"

"那是这里的我们存在过的证明。也许有一天会迎来解冻的时刻。"

古泉笑得闪闪发光。

"看起来这是个理想的解决方法。"

长门，你真是个了不起的家伙。以前我就这么觉得，现在更是深有体会。

长门无所谓地挥了挥右手：

"现在的我是神，也是……"

长门不知道从哪里掏出一顶尖尖的帽子戴在头上：

"会魔法的宇宙人。"

既是神，又是魔法师，又是宇宙人，那不就是无所不能吗？我就不说空话了，等我们从这里逃出去，我一定要建一座长门大神社，把你供奉到天荒地老。

"不需要。"

此时，阿喀琉斯的死讯传来，整个希腊阵营如遭五雷轰顶。统帅阿伽门农面色如土，稻草人脸的墨涅拉奥斯更是呆若木鸡，神情恍惚。也许是希腊军队受到的打击过大，他们在举办葬礼的同时，又举办了一场以悲悼逝者为名的竞技大会，试图逃避沉重的现实。然而，特洛伊这边也没有轻松到哪里去，超级风暴"阿喀琉斯一号"带来的灾难同样不容小觑。战争仍在无休止地持续着，双方不断付出惨痛的生命代价，在众多死者中，尤其值得一提的是帕里斯。

这位引发了战争的美男子帕里斯在战斗中被毒箭一箭穿心，直接一命呜呼了。作为故事的主角，他的死实在有些过于草率。而且，他的死几乎没有对周围造成任何影响，就连海伦也一副无所谓的样子。那虚妄的爱恋已冷却。

这场望不到尽头的战争最终将以一种令人意外却又众所周

知的方式画上句号。

既然已经了解了这一切,那SOS团也就没必要继续遵照剧本在这里被动地看希腊戏剧了。

我只需要做好我该做的事。虽然还没有和长门及古泉谈过,但我这个普通人的脑袋也能想明白。

就在我准备站起身时,桌子上突然滚来一个金光闪闪的苹果,正好停在我面前。你是想让我来替演帕里斯?抱歉,我没那个兴致,也不想再跟这些事情纠缠下去了。我也不会把这个苹果给任何人,一个吃不了的苹果没有任何用处。春日、朝比奈学姐和长门也懒得要这种东西。所以说,这种东西只需要——

"这样处理!"

我抓起苹果,随手一丢,扔到了身后。接着,我站起身,朝着春日的宝座走去。

我看了一眼椅子上的浮雕,赫拉克勒斯正在与狮子搏斗,活像一部黏土动画。一旁的朝比奈学姐则就像握着手帕一般,目不转睛地看着舞台上的特洛伊战争剧。

面对坚不可摧的特洛伊城墙,希腊军队的耐心终于到了极限,决意采取最后的手段。他们打造了一匹巨大的木马,让数十位勇士潜藏在木马的内部,并将木马放置于战场。随后,全军乘船撤离,驶向远方。特洛伊人误以为这是敌人投降的表现,将这匹木马视为战利品带回城中。而比任何人都更想夺回海伦的墨涅拉奥斯自然也藏在木马里屏息以待。

我们的团长大人宛如一只灵活的猫,懒洋洋地瘫在那把装饰华丽的椅子上。直到她发现我的影子,才缓缓抬起头看我。

"怎么了,阿虚?"

春日将手伸向侍女端着的托盘,拿起一块核桃肉,直接塞进了嘴里。

"你们的阴谋诡计商量完了？"

"是啊，多亏了你。"

多亏了她和朝比奈学姐专心看戏，我们才能一切顺利。

春日抬起头看我，笑得像一只柴郡猫。

我不禁回想起长门在一瞬间展现的那道光环的幻影。老爷子让我们想办法解决的那股神秘力量，此刻仍在身心都深陷赫拉的Cosplay的团长身上不断涌动着。

每当去往新的世界，力量也在不断增强。能量的释放。正如长门所说，我已经知道那是什么了。

对春日来说，那股不停喷薄而出的能量，正是她的"思绪"与"执念"。

而这也是此刻我心中的所思所想。我说不上来这是为什么，但我却无比笃定。再说，春日那么倔强，她可不会主动说这些。说不定她还根本没有意识到自己内心深处的感受呢。

所以，这次就让我来替她说吧。

"喂，春日。"

"怎么了？"

"差不多该回去了。这里可不是我们该待的地方。"

我——

"我想回去。"

无论是什么样的游乐园、主题公园还是度假天地向我们涌来，都无法与我们最喜欢的地方相提并论。没错，比起在北高文艺社中发生的各种怪事，什么幻想世界、银河巡逻、西部片，还有大航海时代都不过是虚拟世界罢了。属于我们的"真实"绝不会存在于这里。

我微微感受到一丝衣物的触感，低头一看，发现自己不知何时已经穿上了北高的西装校服。这才是最让我感到放松的装扮，嗯。

春日环顾四周，低头打量了一下自己那身希腊女神风格的衣服，一时间有些茫然，但很快又像是明白了什么。她点点头说道：

"是啊。玩得也差不多了，还是回去吧。"春日满脸笑容，继续说道，"实玖瑠，有希，咱们要回去了！"

"咦？"朝比奈学姐还沉浸在舞台上的戏剧中，猛地回过神来，喃喃说道，"现在正是最精彩的部分，我想接着看……"

朝比奈学姐一边说，一边来回看了看春日和我。然后，她仿佛一下子明白了什么。

"啊，好的。"

春日一翻手，看了看自己的手表。

"哎呀，已经这么晚了。天快黑了。"

手表？什么时候戴上的？

春日把我从头到脚细细打量了一遍，说道：

"什么啊，你这身打扮，你也太性急了吧。"

春日又转向长门。

"啊呀，你头上那个。"

她的目光停留在长门那顶尖尖的帽子上。

"真的很适合你。不过，魔法师的使魔为什么会是猫头鹰啊？虽然也可以啦，但还是换成猫吧。"

"咕，咕。"

"老爷子"拍了拍一边翅膀，像是在抗议，但我根本懒得管这些。

"朝比奈学姐。"

我早早回归校服姿态，也许最重要的原因就是这个吧。

美丽的阿佛洛狄忒依然对舞台上的特洛伊战争剧感到意犹未尽。我看着她说道：

"这里的饮料我喝不惯。这个时代好像没有茶。"

"哦……"朝比奈学姐不解地睁大了眼睛。

"朝比奈学姐在活动室泡的茶可比这些稀奇古怪的天界饮品要好喝四千倍。"

这位有着一头蓬松秀发的可爱学姐起初有一些意外，但很快就像蔷薇花绽放一般露出了灿烂的笑容。

"是！"

朝比奈学姐用力地点点头。似乎直到这一刻，她才发现自己身上正散发着微光。

"咦？咦？怎，怎么回事？我的身体怎么热乎乎的？"

四位女神的柔光变得愈发明亮。

"这是怎么回事呢？"春日眯起眼睛，兴奋地说道，"我觉得现在自己什么都能做到。甚至能跨过太平洋去美国！"

没错，现在的春日是名副其实的神。朝比奈学姐和长门也不例外。春日的混乱能量经朝比奈学姐增强，再由长门加以控制，的确会变得无所不能。虽然不知道那个家伙是谁，又躲在哪里，但那家伙给SOS团的三个女孩安排了女神的角色，这绝对是粗心大意了。

"……"

长门将散发着光辉的手掌朝上，仔细端详着，接着缓缓抬起头说道：

"有不同的力量正在汇入。"

我赶紧集中注意力，只见包裹着三位女神的光辉中开始渐渐出现了另一种颜色。

那道光像是一种没有形状的生物，正慢慢地勾勒出自己的轮廓。

三人的头顶出现了光环，背后展开了白色的翅膀，它们渐渐充斥着整个空间，与女神融为一体。

春日她们与女神、天使相融。这也算是一种叠加态吧。

"可能又要转向下一个故事了。"古泉面色凝重，继续说道，"我们得赶紧行动。"

如果是三大天使长（**注：分别指加百列、米迦勒、路西法**），那这次我们很可能是在《圣经》的故事中。不过，一神论的天使居然和希腊神话的女神结合在一起，这要是让宗教激进主义者看见了恐怕会心脏骤停吧，毕竟这也太离经叛道了。

"这个世界的创造主对细节没么讲究呢，看来和《圣经》里的那位还是不一样啊。"

那家伙根本就是无所谓的态度吧。说到底还是因为对人类没什么感情啊。

深夜，特洛伊的街头广场万籁俱寂。希腊勇士们小心翼翼地从作为战利品展示于此的巨大木马中爬了出来。特洛伊的居民们在庆功宴上尽情欢腾，此刻早已酣然入睡。成功潜入城中的敢死队迅速展开行动，有的士兵攀上高处，手举火把，向岸边的船队发出信号；有的则打开紧闭的城门；有的纵火焚烧，还有人展开了肆意的屠杀。至于墨涅拉奥斯，他正飞奔向海伦的身边。

残酷的悲剧即将上演，我将目光从舞台上移开，看向长门。而长门也在看着我。

当我们四目相对,我瞬间明白了所有要做的事——

"春日,朝比奈学姐,能不能请你们握住长门的手?"

"难道要召唤UFO吗?"

春日一边开玩笑,一边右手握住朝比奈学姐的手、左手握住长门的手。我牵起长门伸出的手,左手则与古泉的手叠在一起。古泉也牵起朝比奈学姐的手,我们五个人围成了一个圈。虽然我无法感知长门之前展示的那股如洪流般的能量,但我心底隐约有种感觉,一股惊人的力量正在盘旋,像漩涡一样将我们包围其中。

我的脑后似乎传来一种"滋滋"的声音,作为人类,我只能感知到这些。

"闭眼。"

长门小声说道。

"无法预测紧急撤离时会出现什么情况,视神经及脑组织会受到何种影响也是未知数。可能会导致精神错乱。"

我听着这些让人提心吊胆的话,在行动前最后看了看舞台。

特洛伊木马,木马病毒。对于这个世界来说,此刻的我们不就相当于是这些东西吗?你满足了吗,这个世界的创造主?

特洛伊城深陷火海之中,眼看着就要化为灰烬,墨涅拉奥斯与海伦终于迎来了感人至深的重逢。两人虽然满怀激动地奔向对方,接下来却保持着尴尬的距离,脸上也流露出一丝局促,就像是在表演中突然被改了剧本一样不知所措。也许他们从来就没想到过会重逢。

我走上前,对两人说道:

"抱歉两位,总算可以结束了。接下来你们就能随心所欲地自由行动了。"

【final act: 逃脱篇】

　　两人先是对视一眼，又齐刷刷望向我。他们微微一笑，有些腼腆地挥了挥手。接着，他们毫不犹豫地走向彼此，紧紧相拥。

　　这一幕简直就像幸福大团圆的一幕，只可惜，背景中的疯狂屠杀和蔓延中的火焰实在是太煞风景。

　　我的右手感受到长门纤细的手指，那力道像是捏着棉花糖一般，我不由得闭上眼睛。另一只手则感受到古泉微微出汗的掌心传来温暖的触感。

　　明明近在咫尺，长门的声音却像是来自一个遥远的地方，它穿越无尽的时空，最终抵达我的耳畔。

　　"开始执行SOS(r)+SOS(f)=1。"

　　刹那间，我们成了任何人，我们又不是任何人。我们无处存在，却也无所不在。我们刚领悟至高的真理，却顷刻失去所有的记忆。上升的同时又在坠落，旋转的同时又归于静止。永恒与刹那在此刻化为同一。一束耀眼的光芒在漆黑的眼皮中弥散开来。黑暗与光明盘旋交缠，成为唯一的存在，最终收缩为一点，化作某种无限大又无限小的东西。

　　就在一切即将灭熄的瞬间，某个地方传来了一个不属于任何人的声音——

　　"任务完成——"

　　我刚从出口大门走出一步，便不由自主地停下了脚步。

　　"……嗯？"

　　一瞬间，我的意识变得有些飘忽，但很快现实感又回到了自己身上。

　　黄昏时分，凉爽的秋风带来清新的气息。夕阳在茜色的天空中缓缓西沉，仿佛在提醒我们天色已晚。

　　《萤之光》的旋律从身后传来，轻轻地推着我前行。远处，乘坐最后一趟过山车的游客们时不时地发出尖叫声。

和朝比奈学姐并肩走在前面的春日回过头来：

"怎么了？忘东西了吗？"

"没有。"

我一边走，一边朝身后望去。在城堡般的建筑间，隐约可以看见各种游乐设施的顶端部分。

这里是——

一个并不算太出名的本地游乐场，集游乐园与主题公园的特征于一体，而我们刚刚从那里出来。这里规模不大，半天就能把所有项目都玩个遍，但没想到的是，每个设施都相当有水准，以至于我们不知不觉就流连忘返到了临近闭园的一刻。

那么，为什么我们会来这里呢？

先是熬过了一场狼狈的电影拍摄，接着又是春日自顾自地在文化节上大出风头。之后，春日突发奇想提出要举办一场庆功会。

"我们出去玩吧，顺便庆祝一下！先不管那些奇奇怪怪的事情，偶尔也放松一下，享受一下平民化的娱乐！要无拘无束，尽情狂欢！"

确实，拍电影时发生了不少状况，这也是春日在用自己的方式关心大家吧。要是平时在班上也能这么体贴那就更好了。

"那我们去哪里？"我开口问道。

"游乐园！这个星期天，我们还在老地方集合！"

春日就这样自说自话地帮我们大家作好了决定。等到了今天，我们所有人被春日牵着到处跑，把游乐园里的设施玩了个遍，还进入了叫作主题乐园的娱乐设施。

不得不说，大家完全乐在其中。我的身边是可爱的朝比奈学姐、沉默寡言的长门、一有机会就冒出来讲解的古泉和一天到晚闹翻天的春日。我们五个人一起讨伐魔王、与宇宙海盗搏斗、体验西部片的世界、与鲨鱼对战、袭击西班牙船只，甚至还闯进了希腊神话的世界中。仔细回想起来，每一个主题项目都十分真实，有些场景甚至让我觉得自己就身处在现实之中。现在的游乐园还真是不得了啊。

"好久没玩得这么尽兴了！"春日伸了个懒腰，继续说道，"感觉像是玩了十年呢。可能是因为太久没来游乐园了吧。"

"还想再来一次呢。"

穿着便服的朝比奈学姐和春日肩并肩走在前面，俨然一对亲密无间的姐妹。至于谁是姐姐，就不用我再多说了吧？

古泉走在我的右边，开口说道：

"本以为会玩得筋疲力尽，但不知怎么的，现在反而有一种豁然开朗的感觉，还有一种奇妙的成就感。看来，偶尔回归一下童心也不错啊。"

我一边听古泉的感慨，一边又回过头去。

"……"

身后的长门不知为何正专注地看着自己的左手掌心，好像那里有什么东西一样。然而，那里空无一物，唯一能看见的只有长门白皙的手指和掌心。

我刚要问她在看什么，长门却缓缓抬起头，正巧撞上我的视线。

"……"

她的眼睛仿佛在说："我感觉我好像忘了什么，你知道是什么吗？"

我自己也搞不清楚为什么会觉得她的眼神是这个意思。不

过，既然是长门忘记的事，我肯定也不会记得。而且，我总觉得还有什么问题想问她，但在我开口之前，那些疑问就像是燃尽的蜡烛冒出的最后一缕烟雾一般，渐渐消散了。

就在这时，我又有了一种怪怪的感觉。

我的左手里突然多了一份柔软的触感，像是在牵着谁的手。我低头一看——

居然是老妹！她用右手牵着我，左手则抓着气球的绳子，那是我们走出游乐园时吉祥物送的气球，上面印着动画风格的人物。

老妹抬起头看我，傻乎乎地咧嘴一笑。

妹妹？这家伙一开始就在吗？不……等一下。对了，我想起来了。

我出门时，她穿上鞋子，抱着我的腿说她也要去。她居然知道我们要去游乐园，我问她是怎么知道的，她却理直气壮地说是长门告诉她的。我又问她是什么时候、在哪里听到的。她想了想，回了我一句像是发烧的人会说的胡话——"来了一只鸟"。接着，她又一脸无辜地坚持说自己不记得了。不过，她的样子看上去并不像是在撒谎。至于鸟，那应该是她熟睡时做了什么梦吧。

我决定不再管这些奇怪的事，只想先把老妹拉开。然而，这个一心想去游乐园的小学五年级生就像是一台专门抓集装箱的起重机一样，怎么也不肯松手。无奈之下，我只好带着老妹去了集合的老地方，当然，我们迟到了。

春日和朝比奈学姐热情地欢迎了我们。我忍不住问长门，是不是她把游乐园的事告诉了老妹。然而，长门面无表情，只是微微歪了歪头。

想想也是，长门没理由，也没道理特意把SOS团的活动安排告诉老妹。

我跟着老妹慢悠悠地走着，突然她对我撒起娇来：

"阿虚，背我。"

"好好。"

为什么我这么爽快地就答应了她，我自己也觉得莫名其妙。

已经很久没有这样背过她了，不知为何，此刻我的心里又涌起一股强烈的冲动——下次她过生日时必须好好地准备一份特别的礼物。

我们一路向着最近的车站走去，我忽然发现口袋里好像有什么东西。我伸手一探，竟然掏出一张写着英文的纸片。

"这什么？"

难道我在游乐园的某个解谜项目中拿到了关键道具？不过，这纸的手感可真奇怪啊。

古泉探过头来：

"这是《圣经》的一节，像是出自《约伯记》……"

纸上只有一个地方画了下划线——

"Remember me？"

我的心里满是疑问，完全不记得这纸片是从哪里来的。大概是我在游乐园里玩了一圈，随手拿的什么宣传单吧。我把纸片放进口袋里，打算待会儿再扔掉。

"呼……"耳边传来一阵轻轻的鼻息。我扭头一看，老妹竟然真的睡着了。

我真佩服她，居然在别人的背上也能睡得这么熟。我正感叹着她的睡功时，余光处突然闪过翅膀似的东西。我本能地抬起头，却没有见到任何鸟。

"怎么了?"

从古泉的话语和表情来看,这的确是我的错觉。毕竟,刚才也没听见什么拍打翅膀的声音。

我还是情不自禁地望向天空,这时却正好看见一只向上飘的气球。

那只气球从熟睡的妹妹的手中滑脱,仿佛要逃离重力的束缚一般,自由地飞了出去。

气球上印着一对有些夸张的卡通风格的男女。不知为何,他们看上去有几分眼熟,但我却想不起他们出自哪里,叫什么名字。

那只从妹妹手中脱离的气球,有些迷茫似的,飘飘荡荡着朝天空飞去。

不知道是不是因为角度的关系,两人的笑容显得格外安宁与释然。

参考文献

[1]斯科特·施蒂德曼.美国西部开拓史[M].猿谷要,清水真里子译.日本:三省堂图解图书馆,1994

[2]增田义郎.海盗图解[M].日本:河出书房新社,2006

[3]伯纳德·艾夫斯林.希腊神话小故事集[M].小林稔译.日本:现代教养文库,1979

[4]松田治.特洛伊战争全史[M].日本:讲谈社学术文库,2008

[5]芭芭拉·莱奥妮·皮卡德.荷马的伊利亚特[M].高杉一郎译.日本:岩波少年文库,2013

[6]松浦壮.何谓量子 支配宇宙的终极结构[M].日本:讲谈社Blue Backs,2020

[7]松尾泰.写给文科生的超通俗量子论[M].日本:Newton Press,2022

后记

从小我就很难入睡，在我的记忆里，几乎很少有盖上被子、闭上眼睛就能轻松入睡的情况。大多数时候我都完全睡不着，只能闭着眼睛，在床上辗转反侧，不知过了几个小时，一直熬到大半夜才迷迷糊糊地睡过去，看来我天生就是一个夜猫子吧。因此，少年时代的我只能与深夜广播做伴。好在我住的地方能收听许多电台，倒也没因为睡不着而觉得无聊。但我又恰恰不是那种睡得少的人，所以一到白天就困得不行，起床气也特别严重。不知道是不是这个原因，我对梦的记忆总是异常清晰。

学生时代的我有个习惯，我会随手记下突然闪现的灵感和短语，甚至写了好几本笔记本。它们大多是废话，其中有一句特别土的——"梦是最具性价比的娱乐"。那时候做的梦大多数都有故事情节，以至于我醒来时还会感慨，要是刚才的梦能再延长一会儿就好了。正因为如此，我才留下了这样的笔记。

遗憾的是，随着年纪的增长，我几乎不记得自己做过的梦了，做的梦也大多是那种紧张的，醒来时反而感觉松了一口气。不过，失眠的问题依然存在，直到最近才有所改善。正如我在上一部作品的后记中写的那样，构思一个脑洞大开的故事能让我更好地入睡。最近我的"入睡宝典"是，一个男人在三千年后的荒废地球上孤独地漫步。在一片无人问津的荒野里，他披着黑色的风衣默默前行。他究竟是谁？从哪里来，往哪里去？其他人类又发生了什么？想着想着我就不知不觉睡着了。如果你也在为失眠烦恼，不妨试一试。

本作《凉宫春日的剧场》的act.1及act.2，是很久以前在轻小说杂志《The Sneaker》上以"春日剧场"为名刊载的。最初的企划是，有三个主题、由伊东杂音老师负责插画，内容是短篇，但最终因为各种原因变成了长篇。而final act之后的故事，灵感来源是一幅插画。那是Sneaker文库30周年的纪念刊《The Sneaker LEGEND》，里面有一张春日她们三个人的插画，主题是女神，这给了我极大的启发。非常感谢伊东杂音老师，她的插画总是对我助益颇多，这次我更要对她致以最高的谢意。经历了无数次纠结，我总算知道要写什么了。真是太感谢了。

　　最后，我要感谢凉宫春日系列的粉丝们（这样称呼没问题吧？），你们为我带来了非常宝贵的礼物。感谢大家！

　　另外，所有参与这本小说的编辑、校对、制作及市场销售人员，以及购买这本书的读者朋友们，请接受我无尽的感激！我们下次再见！

初次出处

act.1 奇幻篇 The Sneaker 二〇〇四年八月刊

act.2 银河篇 The Sneaker 二〇〇六年六月刊

act.3 环球旅行篇 全新作品

final act. 逃脱篇 全新作品

※以上均为日本的出版情况。

图书在版编目（CIP）数据

凉宫春日的剧场 / (日) 谷川流著；(日) 伊东杂音绘；藏喜译. — 南昌：百花洲文艺出版社，2024.12.
ISBN 978-7-5500-5747-0

Ⅰ．I313.45
中国国家版本馆CIP数据核字第2024UE9362号

江西省版权局著作权合同登记号：14-2024-0119

原作名：《涼宮ハルヒの劇場》
著者：谷川流；绘者：いとうのいぢ
SUZUMIYA HARUHI NO GEKIJO
©Nagaru Tanigawa, Noizi Ito 2024
First published in Japan in 2024 by KADOKAWA CORPORATION, Tokyo.
Simplified Chinese translation rights arranged with KADOKAWA CORPORATION, Tokyo.
Translation copyright ©2024 by Guangzhou Tianwen Kadokawa Animation & Comics Co., Ltd.

本书为引进版图书，为最大限度保留原作特色，尊重原作者写作习惯，酌情保留了部分外来词汇。特此说明。

出 版 者	百花洲文艺出版社
社　　址	江西省南昌市红谷滩区世贸路898号博能中心Ⅰ期A座20楼
邮　　编	330038
书　　名	凉宫春日的剧场
作　　者	谷川流
绘　　者	伊东杂音
译　　者	藏　喜
出 版 人	陈　波
责任编辑	陈　愉　程昌敏
特约编辑	刘嘉欣
美术编辑	杨　玮
经　　销	全国新华书店
印　　刷	深圳市福圣印刷有限公司
开　　本	787 mm×1092 mm　1/32
印　　张	7.25
字　　数	100千字
版　　次	2024年12月第1版
印　　次	2024年12月第1次印刷
书　　号	ISBN 978-7-5500-5747-0
定　　价	38.00元

赣版权登字：05-2024-315

版权所有 侵权必究

本书如有印装质量问题，请与广州天闻角川动漫有限公司联系调换。
联系地址：中国广州市黄埔大道中309号 羊城创意产业园 3-07C
电话：（020）38031253 传真：（020）38031252 官方网站：http://www.gztwkadokawa.com/
广州天闻角川动漫有限公司常年法律顾问：北京市盈科（广州）律师事务所